조금만 버텨, 지금 구하러 갈게!

조금만 버텨, 지금 구하러 갈게!

김강윤 지음

|주|자음과모음

차례

3장

내 마음에 화재가 발생했어!

4장

호스 좀 같이 잡아 줄래?

1장

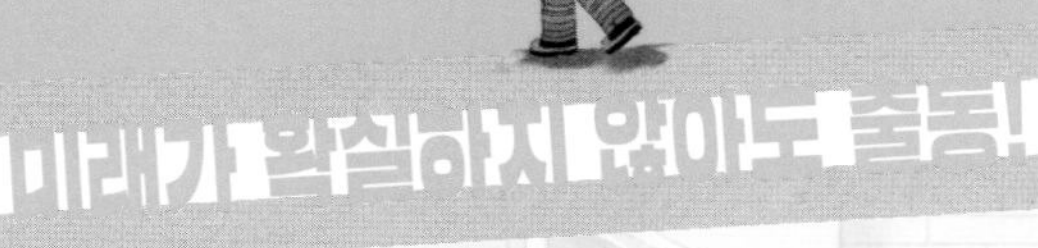

미래가 확실하지 않아도 출동!

지금, 여기에서 출발하기

나는 1978년에 태어났어. 경상북도 김천에서 버스를 타고 한 시간은 가야 나오는, 작은 시골 마을에서 태어났지. 내가 태어났을 때 아버지는 이발소를 하고 있었대. 어머니는 같은 마을에 살던 고모 댁의 농사일을 도우면서 형과 나를 길렀어. 내가 한 살 때, 우리 가족은 외갓집이 있는 또 다른 작은 마을로 이사했어.

나는 유년 시절 대부분을 시골 마을에서 보냈어. 여덟 살이 되자 작은 초등학교에 입학했어. 마을에 있는 유일한 학교였는데, 학년마다 딱 한 반씩만 있는 작은 학교였지. 그 덕에 함께 입학했던 친구들과 6학년 때까지 쭉 같은 반이었어. 특별한 일 없이 평범한 일상을 보냈던 것 같아. 그 시절에는 지금처럼 놀거리도 많지 않았거든. 매일 학교를 마치면 운동장에서 뛰어놀거나 산이나 들을 돌아다니거나 냇가에서 가재와 개구리를 잡았어.

함께 학교를 다녔던 친구들이 기억나. 친구들은 작은 동네에 살았어. 나는 학교도 있고 파출소도 있는, 그나마 사람이 많은 동네에 살았어. 큰 도로도 있었고, 그 도로에 버스가 다녀서 시내로 나갈 수 있었지. 하지만 친구들이 사는 동네는 그렇지 않았어. 작은 비포장 길을 따라 들판을 지나고 산을 오르고도 한참을 더 가야 겨우 나오는, 외진 산골에 사는 친구가 많았어.

초등학교 5학년 첫 학기에 나는 담임선생님과 함께 친구 집에 찾아갔어. '가정방문'이었지. 지금도 가정방문을 하는지는 모르겠지만, 아무튼 그 시절에는 선생님이 학생의 집에 찾아가 부모님을 뵙고, 학생의 생활환경을 둘러보기도 했어.

내가 선생님을 따라 가정방문을 한 이유는 반장이었기 때문이야. 선생님이 나와 같은 동네에 살았기에 함께 갔

다가 돌아오기도 좋았지. 지금 생각해 보면 자식 교육에 유별났던 우리 엄마가 일부러 보낸 것이 아닌가 싶어. 선생님을 따라 다니며 이것저것 배우라고 말이야.

선생님과 함께한 길은 그야말로 산 넘고 물 건너는 험난한 길이었어. 깊은 산골이라 교통수단도 없어서 걸어가야 했는데, 가도 가도 끝이 없었어. '이 길 끝에 정말 사람 사는 동네가 있을까?' 하고 의문이 들 정도였지. 나와 같이 걷던 선생님도 살다 살다 이런 산골은 처음 본다고 말할 정도였어.

산길을 오르락내리락하며 한참을 걸어서, 겨우 친구가 사는 동네를 찾았어. 나는 그 전까지 같은 반 친구의 집이 그렇게 멀리 있는지 몰랐어. 어른이 걷기에도 힘든 길을 매일 걸어 다니는 친구의 모습이 떠오르더라. 정말 대단하게 느껴졌어.

그렇게 찾아간 집에 들어서니 친구 부모님이 선생님과 나를 반겼어. 변변치 않은 살림이지만, 정갈한 음식으로 밥상을 차려 주셨지. 친구들 부모님은 대부분 농사를 지었는데 하나같이 교육열이 대단했어. 선생님은 그런 부모님들에게 앞으로 아이를 잘 가르치겠다고 말씀하셨어. 실제로도 그랬고.

지금 생각해 보면 친구의 부모님 모두 가정방문 때 꼭 이 말씀을 하셨어. '아이의 미래를 위해서라면 자신은 얼마든 고생해도 된다'고 말이야. 그 시절 부모님들은 오로지 교육만이 아이의 미래를 보장한다고 생각했던 것 같아. 하지만 학원도 없고 과외도 없는 소도시였으니 지긋지긋한 가난에서 벗어날 유일한 길이라고는 학교에서 하는 공부밖에 없었어. 그때 나와 친구들, 부모님들은 어떤 미래를 상상했을까? 확실한 건 궁색한 환경이었지만 누구도 희망과 꿈을 놓지 않았어.

그 시절 친구들이 지금 어떻게 살고 있는지, 바라던 꿈을 이뤘는지 다 알지는 못해. 그래도 몇몇 친구가 자신이 원하는 길을 걸으며 당당히 살아가고 있다는 이야기를 들었어. 나 역시 내가 원하는 길을 찾았고, 지금 그 길 한가운데로 당당히 걸어가고 있어. 학교 마치면 공부는커녕 책가방을 던져두고 놀기 바빴던, 매일 친구 집에 찾아가 같이 놀자고 소리 지르던 내가 말이야.

미래를 미리 준비하지 않았냐고? 글쎄. 그저 매일 학교 잘 가고 밥 잘 먹고, 친구랑 잘 뛰어노는 게 전부였어. 지금도 내일의 일을 모르는데 그때라고 알았겠어? 물론 미래를 준비하는 건 중요해. 하지만 나는 이렇게 생각해. 미래를 생각하는 일이 불안이나 걱정이 되어서는 안 된다고 말이야. 아무리 노력한다고 한들 다가올 미래를 알기란 어렵잖아. 알기 어려운 미래를 걱정하며 하루하루를 보내는 일은 너무 힘들지 않을까?

어린 나는 미래를 꿈꿨지, 미래를 걱정하지는 않았어. 그저 내가 해야 할 일을 묵묵히 하며, 하루하루 뚜벅뚜벅 걸어가듯 살았어. 어린 나와 친구들 모두 어마어마하게 큰 꿈을 꾸고 그것을 이루지 못할까 걱정하며 살지는 않았어. 그보다는 '지금'에 충실했지. 대충 살았다는 이야기는 결코 아니야. 미래를 불안해하기보다 현재에 충실했다는 이야기야.

"나는 결코 한 시합에서 이기려고 하지 않는다. 한 세트나 한 게임을 이기려고도 하지 않는다. 나는 오직 한 점만 따기 위해 노력한다."

지금은 은퇴한 세계적인 테니스 선수 피트 샘프러스가 한 말이야. 내가 정말 좋아하는 선수인데, 이 위대한 선수가 이룬 커다란 성공은 그의 말처럼 작은 성공을 매일같이 쌓아 나가며 만든 것이야.

남들이 보기에 작은 일이라 해도 그 일을 해내기 위해 최선을 다하는 것. 그 작은 일을 성공한 후 얻은 만족감으로 또 다른 성과를 향해 달려가는 것. 어쩌면 그것이 미래를 준비하는 가장 좋은 방법 아닐까?

내 직업은 소방관이야. 소방관으로 일하면서도 방금 말한 것과 비슷한 경험을 했어. 처음 신임 소방관이 되었을 때 나는 뭐든 다 해낼 수 있을 것만 같았지. 영화에서 봤던 멋있는 소방관처럼 시뻘건 불을 헤치고 어린아이를 구해 내는 상상을 매일 했어. 사고 현장에서 슈퍼맨처럼 활약하는 내 모습을 상상하며 혼자서 흐뭇한 미소를 짓기도 했지.

하지만 그런 나에게 주어진 일은 내가 상상하던 멋진 일이 아니었어. 화장실 청소와 사무실 청소 같은 허드렛

일부터 화재 현장에서 입었던 시커먼 숯검정이 묻은 방화복을 세탁하는 일, 문서를 작성하고 복사하고 서류를 관리하는 일, 장비를 닦거나 기름칠하고 정비하는 일 등이었지.

그야말로 하루 종일 이리 뛰고 저리 뛰며 온갖 궂은일을 다 했어. 그러다가 불이 나거나 사고가 발생하면 출동해서 현장 활동을 했지. 내가 생각했던 소방관의 모습은 소방관이라는 직업의 일부였던 거야. 나는 그 사실이 매우 당황스러웠어. 불을 끄고 사람을 구하는 소방관을 꿈꿨을 뿐, 화장실 청소나 문서 정리 같은 일을 많이 하게 될 줄은 몰랐으니까.

불평하지는 않았어. 늘 그랬듯 뚜벅뚜벅 내가 할 일을 하며 하루하루를 걸었지. 물론 사고 현장에서 멋진 활약을 하고 싶은 마음은 여전했어. 그러나 나는 당장 내 앞에 놓인 궂은일 역시 꼭 필요하고 중요한 일이라는 사실을 알고 있었어. 그렇기에 내 앞의 일에 집중했지.

'지금 내 앞의 일에 집중하자'는 생각은 나뿐만 아니라 나와 함께 일하는 동료들도 늘 가지고 있는 생각이야. 소방서에 출동 사이렌이 울리면 소방관들은 현장으로 달려 나가는 소방차 안에서 장비를 준비해. 화재 현장이라면 방화복을 입고 공기 호흡기를 착용해. 구조 현장이라면 구조용 조끼나 구조 재킷을 입지. 그런데 어떤 소방관도 현장을 보기 전에 섣불리 장비를 착용하지 않아.

소방관이 자주 하는 말이 있어. '도착해서 현장을 보고 결정하자.' 짧게는 몇 년, 길게는 10여 년 넘게 현장 활동을 한 구조대원 모두 현장을 보기 전에는 결코 함부로 예측해서 행동하지 않아.

이런 생각과 행동을 우리 삶에도 적용할 수 있지 않을까? 미래는 지금 충실히 지내는 하루하루가 쌓여 만들어지는 거야. 너무 멀리만 생각하다 보면 오늘 쌓아야 할 작은 미래를 놓칠지도 모르지. 예측하지 못한 미래를 맞이하면 크게 당황할 테고 말이야.

그러니 미래를 준비하고 싶다면 오늘 하루를 채울 작은 일부터 천천히 해 보자. 아침에 일어나 구겨진 이불부터 펼쳐서 개 보자. 자기 전에 내일 입고 나갈 옷부터 미리 준비해 놓자. 차려진 밥을 맛있게 먹고 감사하다고 말해 보자. 매일 스치듯 지나가는 일상을 충실히 지내는 것이 다가올 미래를 준비하는 가장 확실한 방법일지 모르거든.

아직 일어나지 않은 미래 때문에 지금 소중한 것을 놓치고 있지 않은지 생각해 보았으면 해. 미래와 과거를 오가며 모험하는 〈빽 투 더 퓨처〉(1985)라는 영화의 마지막 장면을 보면 타임머신을 발명한 박사가 미래를 궁금해하는 인물에게 이런 말을 해.

"정해진 미래는 없어. 자신의 미래는 스스로 만들어 가는 거야. 그러니 모두가 좋은 미래를 만들기 위해 노력해야 해."

미래만큼이나 현재를 가치 있게 본 거야. 알 수 없는 미래 때문에 아름다운 지금을 놓치지 말자. 지금 눈앞의 작은 것을 이루다 보면 언젠가 멋진 미래가 온다는 걸 믿고 나아가기를 바라.

작은 벽부터 뛰어넘어 봐

나는 공부를 못했어. 이건 솔직히 말할 수 있어. 특히 수학을 못했어. 아니, 싫어했어. 자랑스럽다는 뜻은 아니고 그럴 만한 이유가 있었어.

중학교 3학년이 되었을 때 수학을 포기했어. 아직도 기억나. 중학교 3학년 수학 시간에 나를 포함한 여럿이 불려 나가서 칠판에 적힌 문제를 하나씩 풀고 있었지. 나는 열심히 문제를 풀어 답을 구했어. 맞는 답인지 틀린 답인지 확신할 수 없었지만 말이야. 일단 자리에 돌아와 앉으니 선생님이 칠판을 바라보며 한 문제씩 풀이를 해 주었어. 문제를 틀린 친구들은 차례로 불려 나가 혼이 났지.

나 역시 내 차례가 되었을 때 일어서서 칠판 앞으로 나갔어. 내가 푼 문제는 정답이었을까?

선생님은 몽둥이를 들고 내 엉덩이를 다섯 대 정도 때렸어. 내 풀이가 틀렸던 거야. 그때 순간적으로 공부하기 싫다는 생각이 들었어. 더는 수학 공부를 하고 싶지 않다고 생각했지. 틀린 것도 분했고 수학 선생님도 무서웠고……. 여러 감정이 복잡하게 얽혀 상처를 받았거든.

그러니까 나는 지금 식으로 말하면 '수포자'였어. '수학을 포기한 자' 말이야. 그 후로 수학 시간은 아무것도 안 하는 시간이었어. 시선은 선생님과 칠판을 향했지만, 머릿속은 다른 생각으로 가득 차 있었지. 그러다 또 문제를 풀어 보라고 선생님께서 부르면 나가서 멀뚱히 서 있다가 매를 맞았어. 그런 일상이 반복되자 나에게 수학 공부는 재밌고 설레는 일이 아니라 무섭고 어려운 일이 되어 있었어.

다른 과목도 포기했느냐고? 그렇진 않았어. 국어와 국사 과목은 좋아했어. 책을 읽는 게 재미있었어. 문학작품을 읽는 것도 역사 이야기를 읽는 것도 재미있었어. 수학만 싫었지. 수학을 못했기에 공부로 꿈을 이룰 수는 없겠구나,라고 생각했던 때가 중학교 3학년 때야.

하지만 이런 생각은 고등학교에 가서 조금 바뀌었어. 대학에 가겠다는 목표를 정했거든. 체육대학에 가는 것이 목표였기에 일반과목 성적보다 운동 실기시험 성적이 더 중요했지만, 그래도 일반과목 성적이 어느 수준 이상이어야 했어. 그래서 일찌감치 포기한 수학은 제쳐 두더라도 다른 과목은 시간을 투자해 들여다보았지. 머리 싸매고 공부하는 친구들에 비하면 새 발의 피 수준이었지만 나름대로 꽤 진지하게 임했어.

그럼에도 대학 입학시험을 통과하지 못했어. 그것도 두 번이나. 정말 가고 싶은 대학이었지만, 보기 좋게 낙방해 버렸어. 꼭 이루고 싶었던 꿈이 물거품이 되어 버렸기에 좌절하기도 했어. 좌절감이 어느 순간 분노로 변할 때쯤 내가 선택한 곳은 군대였어.

내가 들어간 곳은 유디티(UDT, Underwater Demolition Team)라는 해군 특수부대였어. 무언가 복수심 같은 게 있었을까? '봐라. 내가 특수부대에 가서 공부 따위를 하지 않고도 당당히 성공하는 모습을 보여 주겠다'라는 생각을 했던 것 같아. 6개월의 힘든 훈련을 통과하고 특수부대 요원이 되었어. 약 130명의 교육생 중 30명 정도만 수료했는데, 내가 그 안에 든 거야. 그때 굉장한 희열을 느꼈어. 대학 입시에 실패해 생긴 좌절감이 씻겨 내려가는 것만 같았지. 강한 육체와 정신력 그리고 열정만 있으면 뭐든 이룰 수 있다는 자신감을 얻었어.

그러나 자신감이 과했던 걸까. 당시 나는 대학에 다니던 친구들을 비웃었어. 내가 그들보다 우월하다고 생각했거든. 직업군인이 되어 급여를 받았기에 그랬는지도 몰라. 등록금을 내기 위해 아르바이트하는 대학생보다 경제적으로 풍족했으니까 말이야. 아무튼 나는 공부하지 않아도 무엇이든 해낼 수 있다는 착각에 빠져들었지.

하지만 그 착각은 오래가지 않았어. 군대에서도 공부해야 했거든. 나는 특수부대에서도 공부해야 한다는 사실을 까맣게 몰랐던 거야. 특수부대원은 매년 시험을 치러. 부사관 같은 직업군인은 시험을 통해 직무 전문성을 평가받지. 시험 쳐야 한다는 이야기를 듣고 하늘이 노래진 건 갓 부사관이 된 막내 하사 때였어.

나는 생각했지.

'왜? 왜 군대에서 공부를 하는 거야? 도대체 왜?'

더군다나 직무평가 과목은 내가 일찌감치 포기했던 이과 계열 과목이었어. 폭파학, 잠수학, 독도법 등 생전 듣도 보도 못한 과목과 밤새 씨름해야 했지. 시험 성적이 낮으면 선배한테 호되게 혼나는 것은 물론이고 인사상 불이익도 받아.

그런 사실을 알고 나니 중학생 시절에 수학 문제를 풀지 못해 몽둥이로 엉덩이를 맞았던 때가 나았다는 생각까지 들었지. 처음으로 '사회' 또는 '조직'에서 나에 대한 평가가 이뤄진다는 것, 그 평가에서 기준을 넘지 못하면 상당한 불이익을 받는다는 것에 커다란 위기감까지 느꼈으니까 말이야.

정확히 어떤 불이익을 받느냐고? 내 동기 중 몇 명은 아직 특수부대에서 군 생활을 이어 가고 있어. 군인을 평생 직업으로 삼고 나라를 지키는, 자랑스러운 동기들이야. 그중 한 명은 직무평가 성적이 좋지 못해 매우 늦게 진급했어. 몇 기수 뒤의 후배들보다도 늦어져 급여 수준도 나아지지 않고, 주어지는 임무에서 제외되기까지 했지. 그 외에도 여러 불이익을 받았다고 해.

갓 부사관이 된 내게 그런 불이익을 당할 위기가 온 거야. 그때 깨달았어. 공부가 내 능력을 판단하는 지표가 된다는 걸 말이야. 그러므로 결코 공부를 소홀히 해서는 안 된다는 걸 알게 되었지.

'공부를 꼭 해야 하나요?' '공부를 하지 않으면 안 되나요?'라고 물으면 똑 부러지게 답해 줄 수는 없어. 누군가는 '공부를 굳이 하지 않아도 먹고사는 데 문제없다'라고 말할 거야. 어쩌면 아주 틀린 말은 아닐지 몰라. 머리 싸매고 풀던 수학의 미분과 적분, 달달 외우던 영어 문법 같은 것을 모른다고 해서 사는 데 큰 지장이 있지는 않아.

하지만 내가 말하고 싶은 것은 이거야. 공부를 해 본 사람과 해 보지 않은 사람은 공부를 대하는 '태도'가 달라. 적어도 공부를 열심히 해 본 사람이라면 어른이 되어 맞닥뜨리는 또 다른 공부 앞에서 당황하지 않을 거야. 나처럼 '왜 군대에서 공부 따위를 하는 거야!' 하며 분노하지도 않겠지.

공부도 삶에서 겪어야 할 중요한 경험이야. 꿈을 향해 걸어가는 사람이라면 반드시 경험하게 되는 일이지. 직장인도 자영업자도 이루고자 하는 목표에 닿으려면 그 분야를 공부해야 해. 학창 시절에 공부하는 습관과 태도를 익힌다면 성인이 되어서도 공부하기 수월할 거야. 뒤에 이야기하겠지만, 나는 공부와 담을 쌓았기에 목표를 이루기 위해 다른 사람보다 더 많은 시간과 노력을 들였어. 그때 공부의 중요성을 뼈저리게 경험했지.

높은 등수를 위해 공부하라는 말이 아니야. 경쟁을 위해 공부를 하라는 말은 더더욱 아니야. 책을 들여다보는 습관을 기르는 것, 낯선 지식을 접하는 용기와 생각의 힘을 키우는 것이 중요하다는 말이야. 가끔 사업하는 친구들을 만나 이야기를 들을 때가 있어. 그때마다 깨닫는 게 있는데, 그들도 분야에 관계없이 각자의 꿈을 위해 많은 공부를 한다는 거야. 경제·경영·회계부터 코딩·엑셀, 문학·철학·인문학까지, 공부하는 학문도 다양해. 공부하지 않아도 먹고사는 데 아무 문제가 없다는 말은 이 친구들 앞에서 무색하게 느껴져.

물론 공부가 수학 문제 하나 더 풀고 영어 단어 하나 더 외우는 공부뿐이라고는 생각하지 않아. 꿈을 이루려 하는 모든 노력이 공부야. 세상에는 많은 학문이 있어. 어떤 직업을 가지든 그와 관련한 학문을 공부해야 할 거야. 그러니 학문을 익히는 태도를 연습하는 건, 어쩌면 우리에게 가장 먼저 필요한 공부가 아닐까?

공부에 다가가는 일이 어렵고 막막할 수 있어. 의자에 앉아 책 읽는 것에 적응하지 못할 수도 있어. 그렇다면 벽을 넘는 연습을 하는 것이라고 생각하면 어떨까? 물론 그 일이 쉽지는 않을 거야. 하지만 한 번 작은 벽을 넘고 나면 그다음에 어떤 큰 벽이 와도 겁먹지 않을 거야.

나를 막아서는 시험

가끔 주변 사람들이 내게 물어보곤 해.

"왜 소방관이 되셨나요?"

대다수는 내가 어떤 사명감이나 직업의식을 가지고 소방관이 되지 않았을까 짐작하고 질문하는 거겠지만 나는 늘 한결같이 대답해.

"먹고살려고 소방관이 되었습니다."

정말이야. 어떻게 들릴지 모르지만 나는 타인을 위해 몸 바치려고 이 일을 선택하지는 않았어. 솔직히 말하자면, 한때는 먹고살기 위해 직업을 가지는 게 급선무였어. 이십대 대부분의 시간을 군대에서 보낸 내가 사회에 적응하기란 쉽지 않았거든. 스물일곱이라는 나이에 고졸 학력으로, 이렇다 할 자격증 하나 없이 사회로 나왔으니까 말이야.

더군다나 그때 나에게는 연인이 있었어. 막 사회에 나온 나는 생계를 잘 꾸리고 싶었고 결혼도 하고 싶었지. 그러기 위해 직업이 필요했어. 소방관이라는 직업의 매력을 느낄 여유는 없었지. 단지 학력과 관계없이 들어갈 수 있는 직장, 매달 일정한 급여를 받는 직업. 이 두 가지 조건에 소방관이라는 일이 부합했던 거야.

소방관이 돼야겠다고 마음먹은 후 시험 공부를 시작했어. 1000쪽에 가까운 공무원 수험서 네 권을 사 들고 처음 펼쳐 봤을 때는 정말이지 가슴이 답답했어. 몸으로 하는 것은 뭐든 자신 있었어. 특수부대에서 수년간 단련한 몸은 쇠처럼 단단했으니까. 반면 공부는 여전히 내게 버거운 일로 느껴졌어.

그렇지만 할 수밖에 없었어. 소방관이 되기 위해서는 반드시 필기시험을 봐야 했거든. 필기시험을 통과해야 체력시험을 볼 수 있었지. 두꺼운 책들을 앞에 두려니 가슴이 답답했지만 곧바로 공부를 시작했어. 직업이 간절히 필요했거든. 소방관이 되어 멋지게 사람을 구하는 상상보다 생계를 위해 소방관이 돼야겠다는 마음이 당시에는 더 컸다고 했잖아? 상황이 절박하다 보니 두꺼운 수험서도 어려운 시험도 이겨 내야 했어.

돈 한 푼 없이 부모님과 연인이 손에 쥐여 준 한 달 치 고시원비와 학원비를 들고 서울 노량진에 간 날을 잊을 수가 없어. 간절했고 반드시 이루겠다는 의지도 상당했지만 수험 생활은 쉽지 않았어. 창문도 없는 2평 남짓한 영등포 시장의 고시원 방에서 1년여를 지내며 내가 왜 책과 씨름하고 있는지 매일 묻고 또 물었어. 밥과 김치만 먹으며 끼니를 때우고, 콩나물시루 같은 공무원 학원에 가서 유명 강사의 말을 하나라도 놓칠세라 눈을 부릅뜨고 귀를 쫑긋하며 듣고 또 들었어. 작은 동네 도서관에 가서 밤 열한시까지 이론서를 읽으며 반드시 소방관 시험에 합격할 거라고 다짐했어.

열심히 공부했으니, 얼마 지나지 않아 소방관 시험에

통과했을까? 아니야. 여러 번 실패했어. 노력은 결과로 바로 나타나지 않았어. 간절히 공부했는데도 무려 네 번이나 소방관 시험에 떨어졌어. 늘 두세 문제 차이로 아깝게 떨어지는 바람에 더 절망적이었지. 포기하고 싶었고 화도 많이 났어. 이 길은 내 길이 아닌가, 하는 생각이 계속 들었지. 결국 짐을 싸서 고향으로 내려갔어. 부모님에게 네 번이나 떨어졌다고 말하고 방 한구석에 책을 내던진 채 한 달 내내 절망에 빠져 있었어.

하지만 그 와중에도 자꾸 시험 생각이 났어. 살아오면서 이렇게 열심히 공부한 적이 있었나 하는 생각이 자꾸 들었지. 어느 날 여기서 책을 덮으면 안 된다는 생각이 번뜩 들었을 때, 고향 집 근처 시장에 있는 작은 독서실을 찾았어. 그 독서실에서 10분 정도 걸어가면 소방서가 나왔는데, 나는 소방서를 바라보며 공부해야 하는 이유를 다시금 떠올렸어.

그렇게 두 달 정도 더 책과 씨름한 끝에 결국 소방관 시험에 합격했어. 다섯 번만이었지. 해냈다는 기쁨과 함께 나도 모르게 몸 깊은 곳에서 튀어 나온 말이 있었어.

"하면 되는구나."

꼭 문제가 주어지는 것만이 시험이 아니야. 정답을 선택할 수 없는 시험도 있어. 아무리 생각해도 해결되지 않을 것 같은 고민이나 걱정 역시 시험일 수 있어. 1 더하기 1은 2인 것처럼 삶의 문제와 답이 분명하면 좋겠지만 꼭 그렇지만은 않아.

예를 들어 볼까? 화재 현장에서 불이 꺼지지 않을 정도로 거세면 소방관은 어떻게 할까? 불속에 진입하지 않고 불이 가연물, 즉 불에 잘 타는 물건을 다 태울 때까지 기다려. 일종의 전술인데, 불이 주변에 더 번지지만 않도록 막지. 이 전술이 옳지 못한 판단처럼 보일 수 있지만 그렇지 않아. 진입한 소방관이 위험에 처할 만큼 큰불이 났을 때 사용하는 방법이거든.

신임 소방관이라면 어쩔 줄 모를 거야. 불길이 너무 거세서 끌 수도 진입할 수도 없거든. 불을 끄지 않고 기다리는 것이 답이라니, 상상하기 어려울 거야. 누구든 살다 보면 그런 불길을 마주치게 될 거야. 답이 한눈에 보이지 않는, 혼란스러운 문제를 한 번쯤 마주하기 마련이니까 말이야.

이렇게 전략적으로 다른 방법을 써야 할 때도 있지만, 시험 자체를 피해서는 안 돼. 부딪쳐야만 얻는 해답도 있거든. 시간이 흘러 어른이 되고 떠올려 보니 내가 치른 시험 모두 소중한 기억으로 남아 있어. 문제를 해결하기 위해 노력했다는 자부심도 느끼고, 몇 번이고 꿈을 위해 도전했다는 점이 자랑스럽기도 해. 시험이라는 말이 주는 두려움이 여전히 남아 있긴 하지만 말이야.

다시 말하자면 나는 시험의 결과보다 도전했다는 사실 그 자체가 자랑스러워. 도전에는 정답도 오답도 없어. 그러니 어떤 시험이든 도전을 두려워하지 않았으면 좋겠어. 도전하는 그 순간 이미 도전에 성공한 거니까. 여러분 모두 어떤 시험이든, 당당히 맞서길 바라.

다른 길로 가면 안 될까?

학교 공부 말고 다른 거 하면 안 되냐고? 되지. 되고말고. 왜 안 되겠어? 앞에서 학교 공부가 모든 것이 아니라는 말을 하기도 했잖아. 나 역시 중학생인 딸에게 공부하라고 강요하지 않아. 굳이 스트레스 주고 싶지 않거든. 딸은 학교 공부보다 그림 그리는 것을 더 좋아해. 그러니 딸이 좋아하는 일은 학교 공부와 크게 연관 없을 수 있어, 일단 지금은 말이야.

하지만 크게 보면 그렇지도 않아. 딸은 그림을 그리고 싶어 해. 그림을 그리는 일 자체는 공부와 상관없지만, 훌륭한 화가가 되기 위해서는 공부가 필요해. 미술의 역사

와 미학, 그림 기법, 외국어 등 많은 것을 알아야 하니까. 즉, 학교 공부는 지금 당장을 위해 하는 게 아닐 수 있어. 미래를 위한 준비일 수 있지. 어떻게 보면 학교나 학원에서 배우는 공부 모두 미래의 꿈을 위한 과정일지 몰라.

세계적인 미용사가 되고 싶어 학교를 그만두고 유명 미용실에서 일찌감치 일을 배운다고 해 보자. 이미 일을 시작했으니 손발을 바삐 움직이며 미용 기술을 익히겠지? 사실 그것도 공부지만 더 뛰어난 미용사가 되려면 미용 기술을 익히는 것만으로는 부족할 거야. 머리를 아름답게 꾸미기 위해 끊임없이 배우고 고민해야 하는 게 분명해. 다양한 미용 관련 책을 읽고 이론을 공부하고 교육도 들어야 할 거야. 어때? 이쯤 되면 공부가 꿈을 이루기 위해 한 번쯤은 마주해야 할 일로 여겨지지 않니?

앞서 말했듯 계속 공부의 중요성을 말하는 나 역시 공부라면 정말 싫었어. 하지만 소방관이 된 지금의 나는 매일 일상적으로 공부를 해. 활활 타오르는 불을 더 잘 끄기 위해 각종 논문을 보며 주수 기법(화재를 진압하기 위해

물을 뿌리는 기술)과 화재의 성상을 끊임없이 연구하지. 온통 영어뿐인 외국 사이트를 뒤지기도 하고 1000쪽 정도 되는 전문 서적과 씨름하기도 해. 몇 년 전에는 미국에서 급류 구조(계곡이나 강의 물살이 빨라져 일어나는 사고에 대응하는 구조 훈련) 교육을 받았어. 급류 구조를 공부하며 오랫동안 기술을 기르기도 했지만, 더 좋은 구조 기법을 익히기 위해 미국까지 떠났던 거지. 소방관으로서 그리고 구조대원으로서 새로운 것을 배우기 위해서였어.

그런데 미국에서 또 공부의 필요성을 느꼈어. 낯선 지식과 기술을 익히려면 외국어에 능통해야 한다는 사실을 알게 되었거든. 짧은 영어에 손짓, 발짓을 섞어 어설프게나마 의사소통하고 영어에 능통한 동료들이 통역해 주기도 했지만 많이 아쉬웠어. 나를 가르친 미국의 급류 구조 교관은 자신의 지식과 경험을 알려 줬는데 내가 만약 영어에 능숙했다면 그의 말을 더 잘 이해하지 않았을까? 더 많은 것을 질문하지 못했다는 아쉬움도 컸어. 영어 공부에 큰 갈증을 느낀 순간이었지. 그들이 내게 제공한 전문 서적 역시 영문이라서, 한국에서 구할 수 없는 귀한 자료

임에도 지금까지 완벽히 들여다보지 못하고 있어.

이렇듯 무언가를 더 얻을 수 있는 기회나 능력은 그것을 평소에 어떻게 준비하느냐에 따라 달라지는 것 같아. 공부하기 싫다는 이유로 지식을 등한시한다면 불쑥 내 앞에 나타난 기회를 놓칠 수도 있어.

여러분도 살면서 미래를 결정해야 할 순간이 여러 번 올 거야. 하지만 내가 원하는 길을 선택하기만 해서는 꿈을 이룰 수 없을지도 몰라. 냉정한 말일지 모르지만, 계속 노력해야 해. 그래야 꿈을 이룰 가능성이 커지지. 학교를 다니며 공부에 매진하는 시간을, 미래의 고된 시간을 견디게 해 줄 연습 과정이라 생각하면 좋겠어. 어떤 바람이 불어도 튼튼하게 버텨 줄 뿌리를 내리는 과정이라고 말이야.

무조건 공부만 해야 한다는 말은 절대 아니야. 어떤 일을 하든 그 분야에 관한 공부는 필연적으로 동반된다고 이야기하고 싶었어. 나는 오히려 공부가 아닌 다른 매진할 것이 있다면 또한 그것에 시간을 투자해도 좋다고 말하고 싶어.

미국에서 구조 기술을 배울 때의 모습.

아직 꿈을 정하지 못한 친구도 많을 거야. 하고 싶은 것이 당장 떠오르지 않는다면 흥미가 가는 과목을 집중해서 공부해 보는 것도 좋아. 평소에 알지 못했던 흥미로운 정보를 가볍게나마 접하다 보면 어느 순간 내가 하고 싶은 일이 보일지도 몰라.

흥미로운 과목이 없다면 좋아하는 일과 교과 과목을 연관시켜 살펴보는 것도 좋아. 내가 좋아하는 일도 하고, 그와 관련한 공부도 하는 거지. 일종의 '투 트랙(Two Track)' 전략이야. 언뜻 둘 중 하나를 소홀히 하게 되지 않을까 싶겠지만 그렇지 않아. 교토삼굴(狡兔三窟)이라는 말이 있어. 토끼는 평소에 자기가 다른 동물에게 공격당할 때를 대비해서 도망갈 굴을 세 개 만든다는 뜻의 고사성어야. 그림을 그리는 것도 좋고, 운동도 좋고, 음악도 좋고, 춤도 좋고, 독서도 좋고, 반려동물과 놀아 주기도 좋고, 하다못해 마음껏 상상하기도 좋아. 뭐가 되었든 나를 설레게 하는 일을 즐기면서 남는 시간에는 그와 관련한 공부를 해 보기를 바라.

설레지 않는 일을 하며 시간을 허무하게 보내지는 않았으면 좋겠어. 목적 없이 휴대전화만 계속 본다든지 하는 것 말이야. 가만히 앉아서 내가 원하는 지식에 몰입할 때의 희열과 즐거움을 꼭 느껴 봤으면 해. 그 희열을 느끼다 보면 평소에 흥미를 느끼지 못했던 것도 새롭게 보일 거야.

하지만 잊지 마. 공부 역시 인생의 전부는 아니야. 무슨 일이든 한 가지 일이 인생의 전부가 될 수는 없어. 공부만 해서도 안 되고 놀기만 해서도 안 돼. 책만 읽는 것도 권하지 않아. 다양한 경험을 해 보는 게 중요해. 그러니까 마음껏 놀고 마음껏 공부하고 마음껏 다양한 일을 경험했으면 해. 공부도 그림을 그리는 일도 친구를 사귀는 일도 살아가며 겪어야 하는 과정이야. 그 과정에서 모든 것을 완벽히 해낼 수는 없더라도 어떤 것도 소홀히 하지 않았으면 해. 그러다 보면 생각지 못했던 나만의 길이 뚜렷하게 나타날 거야.

2장

깜깜한 연기 속, 아무것도 보이지 않을 때

눈앞을 가로막는 두려움

영화나 드라마 주인공이 불난 건물에 갇혀 콜록거리는 장면을 한 번쯤은 봤을 거야. 금방이라도 쓰러질 것 같은 주인공을 보며 가슴이 조마조마하지는 않았어? 하지만 실제 화재 현장은 그보다 더 무서워. 불은 화염 그 자체로도 위험하지만 더 위험한 것은 불이 내뿜는 연기야.

불이 나면서 발생하는 연기는 사람의 목숨을 앗아 가는 치명적인 독성 가스야. 한 모금만 마셔도 숨이 턱 막히고 심장이 조여 와. 콜록거리고 기침하기도 전에 말이야. 더 두려운 것은 아무것도 보이지 않는다는 거야. 혹시 캄캄한 밤에 가로등도 없는 골목길을 걸어 본 적 있어? 그럴 때면 숨이 가빠지는 걸 느낄 거야. 힘든 운동을 한 것도 아닌데 심장이 미친 듯이 벌렁거리고 호흡이 거칠어지기도 해. 그만큼 앞이 보이지 않는다는 것은 큰 두려움으로 다가와.

막내 구조대원이었을 때, 작은 컴퓨터 도매 상가에 불이 나서 출동했어. 구해야 할 사람은 없었지만 화점(최초에 불이 붙은 화재의 시작점)을 찾아 불을 완전히 제거하기 위해 우리 팀이 상가 안으로 투입됐어. 나는 막내였기에 팀장님과 함께 짝을 이루어 들어갔어. 그 전에 몇 번 화재 현장에 출동한 적이 있지만, 불이 난 곳으로 들어가는 순간에는 여전히 온몸이 긴장됐지.

아니나 다를까 들어서자마자 한 치 앞도 보이지 않을 만큼 가득 찬 연기 때문에 호흡이 가빠졌고, 그 탓에 공기탱크의 공기가 빠르게 소진되기 시작했어. 구조대원들은 열화상 카메라라고 하는 작은 영상 기기로 열이 발산되는 곳을 찾는데, 나는 공포에 떨며 내부 구조도 모르는 채 열화상 카메라에 보이는 빨간 형태만을 따라 상가 안으로 들어섰어. 그렇게 20여 분쯤 지났을까? 겨우 화점을 찾아 불이 옮겨붙을 만한 물건을 멀리 치우기 시작했는데, 내가 메고 있는 공기 호흡기에서 경보음이 찢어지게 울리기 시작했어.

"삐이이익!"

호흡기 안에 공기가 얼마 남지 않았다는 경보음이었어. 이 경보음이 울리면 소방관은 화재 현장 바깥으로 나와야 해. 나는 순간 함께 들어간 팀장님 쪽을 바라봤어. 팀장님은 나의 공기 호흡기 경보음을 듣지 못하셨는지, 분주하게 물건을 치우고 있었어. 두려움은 1초마다 무시무시할 정도로 불어났어. 이러다 공기가 다 떨어져 죽을 수도 있다는 생각이 머릿속을 가득 채웠지. 정말이야. 아무것도 보이지 않는 곳에서 오직 들고 있는 랜턴 불빛에만 의지해서 불에 탈 만한 물건을 이리저리 치우는 와중에 얼굴을 감싼 호흡기 속 커다란 숨소리만 들렸어.

그렇게 죽음의 공포는 더욱 강해졌고, 결국 나는 나갈 곳을 찾아 이리저리 두리번거리기 시작했어. 그래. 공황 상태에 빠져 버린 거야. 누군가를 살리고 화재를 진압해야 할 소방관인 내가, 화재 현장에서 인지능력을 잃은 거지. 나는 컴퓨터 상가의 벽을 발로 강하게 차서 부숴어. 나가는 출구가 어딘지 모르니 나무 합판으로 만들어진 벽을 뚫고서라도 나가려고 한 거야. 그런데 그때였어.

"정신 차려!"

팀장님의 무섭고도 날카로운 목소리가 내 귀에 들렸어. 나는 커다랗게 토끼 눈을 뜨고 팀장님을 바라보았지. 순간 모든 것이 멈춰 버린 듯했어. 여전히 내 등에서 울리는 경보음만이 상황을 나타내고 있었지. 팀장님은 내 어깨를 움켜쥐고 나를 밀듯이 바깥으로 데리고 나왔어. 지금도 그때 어떻게 그곳을 나왔는지 기억나지 않아. 그만큼 두렵고 무서웠어. 밖에 나와 겨우 장비를 벗고 몸을 추스를 때, 다행히 화재는 완전히 진압된 상태였고 우리 팀은 더 이상 투입되지 않았어.

그날 일로 나는 내게 실망했어. 며칠을 고개도 들지 못했어. 특수부대를 전역하고 당당히 시험에 합격해 들어온 구조대에서, 누구보다 잘해 낼 수 있을 거라 생각했는데 그러지 못했던 거야. 현장에서 이성을 잃었고 팀장님까지 위험에 빠뜨릴 뻔한 거지. 그렇게 의기소침해 있는 나를 팀장님이 구조대 옥상으로 불렀어.

팀장님은 나를 앞에 두고 천천히 말했어.

"누구나 두려움은 있단다. 하지만 우리는 그 두려움조차 가질 겨를이 없는 직업이잖아. 결국 우리는 믿어야 해. 내가 착용한 장비와 주변의 동료, 그리고 자기 스스로를 굳게 믿고 행동해야 해. 그게 너도 살고 누군가를 살리는 거야. 두려움 자체를 피할 수는 없어. 하지만 물러서지 않아야 해. 살아가는 것도 그래. 한 치 앞도 보이지 않는 미래 때문에 삶 자체를 무서워하지 마. 고개 들어. 중요한 것은 지금 너와 내가 이렇게 살아 있다는 거야."

팀장님은 이 말을 하고 옥상에서 내려갔어. 나는 그 자리에 혼자 남아 울었어. 나도 모르게 눈물이 흘렀어. 그 눈물은 두려움이나 부끄러움 때문에 흘린 것도 후회 때문에 흘린 것도 아니었어. 나를 믿는 사람, 내가 믿을 수 있는 사람이 곁에 있다는 사실에 감동과 고마움을 느껴 흘린 눈물이었어. 다시 칠흑 같은 어둠이 몰려와도 도망치지 않을 수 있을 것만 같았어.

동시에 허우대만 믿고 어깨에 힘을 잔뜩 준 채 까불어 대던 어릴 적 내가 문득 생각났어. 어쩌면 그때의 나는 누구보다 두려움을 가득 안고 살았는지 모르겠다는 생각이 들었어. 내 청소년기는 화재 현장처럼 눈앞에 아무것도 보이지 않고 깜깜했거든. 미래와 꿈 같은 것도 보이지 않았어. 남들처럼 대학에 가기 위해 체대 입시를 준비하며 겉멋만 들었지.

체대 입시생이라는 명목으로 학생이 해야 할 일을 피했지. 운동만 하며 허울만 좇았던 거야. 대학에 가야 할 이유도 없이 말이야. 단지 주변 사람의 시선이 두려워 입시를 준비했을 뿐 정말 바라는 꿈 같은 건 없었어. 왜였을까? 화재 현장의 보이지 않는 연기 속처럼 알 수 없는 미래에 두려움을 잔뜩 느끼던, 그것을 애써 감추던 나의 십대가 생각난 이유는 무엇일까? 아마도 두려움이라는 공통점 때문이었던 것 같아.

특수부대에 들어간 이유도 어쩌면 두려움을 이겨 내기 위해서였는지도 몰라. 일반 병사로 복무하다 부사관으로 지원해 4년 더 복무한 유디티는 위험하고 두려운 작전을 다수 수행하는 특수부대야. 그곳에서 나는 두려움을 오롯이 받아들여야 한다는 것을 깨달았어. 고등학생 때와 달리 군인인 나는 내가 가야 할 길을 생각하며 두려움을 떨쳐 내고는 했지.

그 덕에 내 안의 모든 두려움이 사라졌을까? 아니야. 두려움의 크기와 찾아오는 시기가 달라졌을 뿐, 특수부대를 전역했다고 해서 두려움 자체가 사라지진 않았어. 그 사실을 나는 소방관이 되어 위험한 화재 현장에서 빠져나온 뒤 깨달았던 거야. 삶의 두려움은 어떤 형태로든, 언제든 내게 다가올 수 있다는 것을 말이야.

어느 때는 두려움이 삶을 전부 가리기도 해. 특히 절망적인 상황에 처하면 더더욱 두려움이 커져. 이래도 안 되고 저래도 안 될 때 말이야. 내가 그랬듯 가끔 무서운 생각이 들고 슬픈 감정이 솟을 때가 있을 거야. 그럴 때는 어떻게 하냐고? 내가 권하는 방법은 이거야.

감정을 가만히 바라보는 것. 이겨 내거나 없애려고 하는 대신 두려움을 있는 그대로 바라보는 거야. 언젠가는 사그라들 잠시의 감정일 뿐이라고 여기면서 바라보는 거야. 그렇게 어둠을 바라보면 앞을 가로막은 어둠 사이로 희미하게나마 빛이 보일 거야. 그 빛은 나를 도와줄 누군가일 수도 있고 나 자신일 수도 있어. 그 빛을 따라 한 걸음 한 걸음 천천히 옮기다 보면 두려움이라는 긴 터널도 언젠가 끝이 날 거야.

다른 무언가에 막연히 기대라는 뜻이 아니야. 가장 먼저 해야 할 일은 자신을 믿는 일이야. 내게 조언해 주었던 팀장님도 훗날 내게 고백했어. 본인도 험한 화재, 구조 현장에서 겪은 일 때문에 깊은 트라우마가 생겼다고, 다만 그 트라우마가 삶 전체를 잠식하지 않도록 노력하고 있다고 말이야.

누구나 그래. 소방관이 아니더라도 누구나 저마다의 두려움에 맞서고 때로는 이겨 내고 때로는 비껴가며 살아가. 인생은 늘 뜻대로 되지만은 않아. 넘어질 때도 많아. 하지만 일어서서 다시 걸어가다 보면 바라던 곳에 도착할 거야. 두려움도 커지지만 의지, 열정, 포기하지 않는 마음도 두려움 못지않게 자라거든. 그러니 두려움보다 마음속에 있는 다른 멋진 것들에 집중하자. 어쩌다 너희 인생에 힘든 경보음이 울리더라도 정신 바짝 차리고 이겨 내 보자. 할 수 있지?

막막한 한계에 둘러싸일 때

초등학교 때 테니스를 배웠어. 운동을 좋아하는 아버지는 학교 선생님이나 파출소 경찰 아저씨, 면사무소(주민센터) 공무원 아저씨와 테니스를 즐겼어. 나도 종종 아버지를 따라 테니스장에 갔지. 계속 따라가다 보니 어느덧 내 손에는 테니스 라켓이 들려 있었어. 그때가 아마 초등학교 2학년 때였을 거야.

테니스 선수가 되려는 마음은 없었지만 어쩌다 보니 학교에 새로 생긴 테니스부에 가입했어. 다른 초등학교 선수와 시합하기도 했지. 내 실력은 그저 그랬어. 단지 테니스라는 운동 자체가 좋아서 열심히 했던 것 같아.

함께 운동한 친구가 두 명 더 있었는데 학교 수업이 끝나면 늘 셋이서 테니스장에 갔어. 가서 해가 질 때까지 공을 치고 또 치며 테니스를 연습했어. 열심히 하다 보니까 실력도 늘고 나름 자신감도 붙어서 이러다가 테니스 선수가 되지 않을까 하는 착각도 했지.

시골 학교였지만 선생님들이 테니스부를 전폭적으로 지원해 주었어. 선수 출신 코치님을 초빙해서 집중적으로 배울 때는 힘들었지만, 무언가에 열정을 쏟는 그 순간이 행복하기도 했지. 6학년 때 나와 두 명의 친구, 우리 셋 모두 시 대표로 선발되었어. 뛸 듯이 기뻤지. 선생님도 부모님도 굉장히 좋아하셨어. 동네까지 잔치 분위기였어. 그렇게 우리는 도 대회를 준비하며 맹연습을 했어.

그렇게 두 달이 지나고 인근 도시에서 열린 도 대회에 출전했어. 많은 사람이 모인 시합장에 들어서자 나와 친구들은 눈이 휘둥그레졌어. 경상북도 곳곳의 많은 초등학생 선수, 코치, 선생님, 학부모로 시합장이 꽉 차 있었거든. 우리와 시합할 다른 학교 선수들을 보니 고급 테니스

라켓에 학교 로고가 새겨진 뽀얀 티셔츠를 맞춰 입고 있었어. 그 모습을 보고 우리는 주눅 들 수밖에 없었어. 우리는 평범한 라켓을 들고, 단체복도 맞춰 입지 않았거든.

가뜩이나 정신없고 기도 죽었는데, 대진표를 보니 내가 첫 시합이었어. 몸을 풀고 워밍업을 하는 동안에도 나는 집중하지 못했어. 계속 시합장을 두리번거리며 어쩔 줄 몰라 했지. 곧 시합이 시작되었는데 상대는 도내 최강이라는 안동시 대표 선수였어. 시합 전에 연습으로 서로 가볍게 공을 주고받는데, 상대 선수의 공을 받아 치는 순간 나는 온몸이 얼어붙었어. 공이 묵직하고 빨라서 도저히 내가 받아 낼 수준이 아니었던 거야. 놀라서 상대 선수를 쳐다보니 나보다 훨씬 덩치가 컸어.

시합 전 공을 주고받았을 뿐인데도 나는 패배를 직감했어. 거의 울상을 지은 채 경기를 시작했고, 당연하게도 보기 좋게 참패했어. 여섯 세트를 먼저 따내는 사람이 승리였는데 나는 한 세트도 따지 못했어. 6 대 0으로 힘한번 써 보지 못하고 진 거야. 부끄럽고 억울해서 울음이 터졌어. 울면서 들어오는 나를 선생님과 친구들이 위로

해 주었지.

더 슬픈 사실은 내 시합을 아버지가 보고 있었다는 거야. 나는 아버지가 온 줄 몰랐어. 농사일 때문에 바빴기 때문에 우리 팀은 부모님 없이 선생님과 선수들만 시합장으로 왔거든. 그런데 아버지가 시합장에 와 있었던 거야. 아버지 얼굴을 보니 더 눈물이 났어. 아버지는 그런 나를 다독여 주었지. 그때 나에게는 테니스 따위 그만두고 싶다는 생각밖에 없었어. 즐겁게 연습하고 땀 흘린 기억은 어느새 사라졌지. 패배가 부끄러워 도망치고 싶은 마음밖에 남아 있지 않았어.

다음 시합에 출전한 친구 역시 겨우 한 세트만 이긴 채 패배했어. 우리 셋 중 가장 실력이 좋아 다른 학교에서 스카우트 제의까지 받은 친구였는데 말이야. 그 친구마저 지는 것을 보고 나는 테니스라는 운동 자체가 싫어지기 시작했어. 많은 지원을 받으며 좋은 환경에서 운동하는 다른 시도의 선수들이 부러운 동시에 시골에서 초라하게 운동하는 내가 못나 보이기까지 했어.

하늘과 땅 정도의 실력 차만 느끼고 돌아온 나는 결국

테니스에 흥미를 잃었어. 중학교에 올라가며 테니스를 그만두었어. 물론 중학생이 되었으니 공부에 전념하라는 아버지의 권유도 있었지만, 결국 테니스 라켓을 놓아 버린 건 나였지. '내 실력으로는 어림도 없을 거야' 하고 생각했으니까 말이야.

시간이 흘러 나는 소방 기술 경연 대회에 출전하게 되었어. 소방관이 되고 갓 1년이 지났을 때 평소 알고 지내던 팀장님이 나를 추천했어. 소방 기술 경연 대회는 소방관의 체력, 기술 등을 시합의 형태로 만들어 각 시도의 대표들이 모여 실력을 겨루는 대회야. 1년에 한 번씩 열리는데 상을 타면 특진이라는 영광이 주어지기 때문에 시도에서 가장 우수한 소방관이 출전해.

나는 개인 종목에 출전했어. '최강 소방관 경기'라는 이름의 경기였는데, 체력 소모가 굉장히 큰 종목이야. 먼저 양쪽 어깨에 15킬로그램이 넘는 소방 호스를 이고 30미터를 전력 질주한 다음, 60도 경사를 뛰어 올라가. 그다음에는 20킬로그램의 중량물을 들어 올려 이동해. 또다시 돌아와 무거운 마네킹을 끌어서 달리다가 가파른 계단을 한참 올라가 종을 쳐야 해. 이 모든 과정을 가장 빨리 마친 사람이 1등인 경기야. 누구든 마지막 종을 치고 나면 일어나 걸을 힘도 없을 만큼 힘든 경기지.

나는 나름 체력에 자신이 있었던 터라 잘만 연습하면 1등은 아니더라도 상위권에는 들 수 있을 거라 생각했어. 그런데 웬걸, 대회를 준비하는 동안 아픈 기억이 자꾸 떠오르는 거야. 바로 테니스 대회에 나갔던 초등학생 때의 기억이었어. 이번에도 엄청난 선수들과 경쟁해 무참히 패배하지 않을까 지레 겁을 먹고 말았지. 괜히 대회에 나가는 게 아닐까 후회하기도 했어.

그러다 사전 연습일이 다가왔어. 경기에 출전하는 소방관들이 미리 모여 연습을 하는 날이야. 대회 코스를 미리 뛰어 보고 적응 훈련을 하는 시간이었지. 16개 시도에서 두 명씩, 총 서른두 명의 선수가 연습을 했어. 서로의 실력을 가늠해 보기도 했지. 모든 선수가 자신의 기록을 확인하기 위해 한 번쯤은 최선을 다해 코스를 뛰었어. 다른 선수의 연습을 지켜보았는데, 아니나 다를까 어마어마한 선수가 정말 많았어.

나 역시 최선을 다해 코스를 뛰었어. 기록은 서른두 명 중 24등. 말로만 듣던 지옥의 코스를 뛰고 나니 눈앞이 노래졌어. 지쳐서 힘든 와중에 경쟁하는 다른 선수의 기록을 보니 매우 절망스러웠어. 어릴 적 테니스 시합에서 진 일이 다시 떠올랐지. 나를 응원하는 사람 앞에서 잘하지 못했던 기억 말이야. 나는 그렇게 풀이 죽은 채 부산으로 돌아왔어. 그런데 그런 나를 보고 함께 부산 대표로 출전하는 동료가 이런 말을 했어.

"뭐, 어때요? 그냥 하는 거죠. 못한다고 누가 뭐라 할 것도 아닌데요. 한번 열심히 해 봐요. 미리 포기하면 창피하잖아요."

동료는 나보다 나이는 어렸지만 먼저 소방관이 된 사람이었어. 우승 후보로 점쳐지는 능력자였지. 그렇기에 나는 처음에는 그 동료의 말을 무시했어. 잘하니까 그런 말을 할 수 있다고 생각한 거야. 내 속에는 '나는 24등이니까, 열심히 해 보나 마나겠지'라는 마음이 가득했지.

대회까지 남은 기간은 한 달. 여전히 기가 죽은 나는 연습에 몰두하지 못했어. 멍하니 서 있던 와중에 주변을 둘러봤어. 내가 출전하는 경기가 아닌 다른 경기에 출전하는 선수 모두 열심히 훈련하고 있었어. 1등 한다는 보장이 없는데, 모두 최선을 다하며 훈련에 몰입하고 있었어. 1등 하지 않으면 아무것도 받지 못하는 시합을 위해서 말이야. 나는 과연 무엇을 위해 저렇게 열심일까 생각했어. 그러면서 그들의 눈빛을 보았지. 패배감에 절어 있는 나와 다르게 그들의 눈빛은 반짝반짝 빛났어.

한번은 식사 자리에서 다른 선수들이 하는 이야기를 들었어.

"한번 해 보자. 결과야 어찌 되든 갈 데까지 가 봐야지! 그래야 나중에 후회 안 한다!"

뜨끔했어. 참가에 의의만 두려던 나는 그들의 말을 듣는 순간 쥐구멍에 숨고 싶었지. 정신이 번쩍 들어 다시 마음을 잡았어. 그날부터 나는 내 기록을 세밀히 분석하고 부족한 부분을 채우기 위해 별도의 훈련을 시작했어. 앞서 나를 격려했던 동료는 그런 나를 보자 더욱 힘을 북돋아 주었어. 자기 훈련도 벅찰 텐데 내가 뛸 때 함께 뛰어

주기까지 했어. 단 몇 초라도 내 기록을 앞당기기 위해서 도와준 거야.

나는 속으로 다짐했어.

'까짓 거 1등 못 하면 어때. 하는 데까지 해 보자.'

그렇게 시합 날이 다가왔어. 나는 서른두 명 중 거의 마지막 순번에 배정되었어. 다른 선수의 경기를 보면서 아니나 다를까 또 다시 두려움이 밀려왔어. 모두 굉장히 좋은 결과를 기록한 거야. 우승 후보로 여겨지던 동료가 4등을 기록할 정도였지. 1등은 이 대회가 시작된 이래 가장 빠른 수치를 기록했어. 그 선수는 지금 격투기 선수와 소방관을 함께하는, 소방관 파이터로 활약하고 있는 신동국 소방관이야. 나는 순서가 다가올수록 자신감을 서서히 잃어 갔어. 관중이 정말 많았는데, 그 때문에 더더욱 움츠러들었지. 과거 초등학교 시절 구경꾼으로 가득했던 테니스 시합장이 떠오르기도 했어.

내 순서가 코앞까지 오자 관중 사이 어딘가에 아버지가 와 있을 것만 같았어. 내가 못하면 아버지가 또 실망하실 텐데, 하는 걱정이 들어 뛰기도 전에 숨이 가빠 오더라. 나는 '내 성격이 무언가를 경쟁하는 이런 시합과는 도저히 맞지 않는구나'라는 생각까지 했어. 함께 출전한 동료가 그런 나를 다시 일으켜 세웠어. 우승 후보였지만 4등을 기록한 그 동료였지. 자신의 기록이 아쉬웠을 텐데도 그는 생글생글 웃으며 내게 말했어.

"아무도 없다고 생각해요. 그냥 끝까지만 간다 생각하고 매순간 집중하면 돼요. 생각보다 힘들지 않고 재미있네요. 잘할 수 있죠?"

동료의 말을 듣자 서서히 두려움이 사라져 갔어. 1등 아니면 아무것도 아니라고 생각한 적이 있잖아? 반대로 생각하면, 어차피 1등을 못 할 거라면 두려울 것도 없었어. 결국 내 차례가 왔을 때 나는 숨을 크게 한번 들이마시고 뛰기 시작했어. 그 순간부터 주변을 가득 채운 관중도 보이지 않았어. 함성도 들리지 않았고, 오로지 내가 뛰어야 할 코스만 눈앞에 보였어. 나를 응원해 주는 내 동료의 목소리와 거친 숨소리만 들려올 뿐이었어. 그러자 신기한 일이 벌어졌어. 한 코스, 한 코스 지날 때마다 힘이 드는 게 아니라 편안해졌어. 평소 연습 때 급한 마음에 자꾸 실수했던 코스도 무리 없이 통과했어. 마지막 코스인 계단을 뛰어 올라가면서 나는 힘차게 발을 내디디며 고함을 질렀어.

"아악!"

힘을 내기 위한 기합이었지. 가파른 계단을 반쯤 올랐을 때 결국 다리가 풀렸지만 그래도 포기하지 않았어. 주저앉을 듯 온몸에 힘이 빠졌지만, 몇 발짝만 더 가면 종을 칠 수 있었어. 숨조차 쉬어지지 않을 만큼 힘든데 겨우 종을 치고 쓰러졌어. 한참을 누워 하늘을 바라보다가 겨우 일어서서 터덜터덜 계단을 내려오는데, 그제야 관중의 함성이 들리기 시작했어. 저 아래 어딘가에서 나를 지켜보던 동료도 활짝 웃으며 손을 흔들고 있었지. 나는 숨조차 쉬기 힘들 만큼 지쳐 있어서 그가 왜 웃고 있는지 알 수 없었어. 다만 의아할 뿐이었지. 나는 지친 몸을 이끌고 동료를 향해 걸어갔어. 가까이 가자 그는 나를 와락 껴안으며 이렇게 외쳤어.

"지금까지 한 것 중에 가장 좋은 기록이야!"

어리둥절했어. 동료가 보여 준 초시계에는 내 기록 중

가장 빠른 기록이 찍혀 있었어. 1분 17초. 1등이 1분 13초였어. 눈이 휘둥그레졌지. 어떻게 내가? 그 순간 묘한 희열이 내 몸을 감쌌어. 1등 하지 못했는데도 날아갈 듯 기뻤어. 잠시 후 공식 기록을 확인해 보니 내가 전체 서른두 명 중 9등이었어. 아무 상도 받지 못했고 1등도 아니었지만, 너무나 기쁘고 뿌듯했어.

그리고 생각했어. 이전까지 스스로 만든 한계 때문에 힘들었다는 것을 말이야. 나는 그간 항상 좋은 결과가 나오지 않을 것 같으면 지레 포기했을지도 모른다는 생각이 들었어. 정해진 것은 아무것도 없는데 이미 짜인 틀 속에 스스로를 가둬 놓았던 거지. 그 안에서만 대충 하면 된다는 생각을 하면서 말이야. 성격과 환경 탓을 하며 시도조차 하지 않은 지난날이 떠올랐어.

그날 이후 나는 '도전'이라는 단어를 즐겨 쓰게 되었어. 소방 기술 경연 대회에서 끊임없이 나를 격려했던 동료의 이름은 '김범석'이야. 몇 년 전 안타깝게 순직해서 하늘나라로 떠난 이 동료의 좌우명은 바로 '닥치고 전진'이야. 범석이는 눈에 보이지 않는 한계나 자신이 처한 불리한 환경 따위에 결코 꺾이지 않았어. 범석이를 만나고 도전한 그 대회 덕분에 내 삶의 태도가 바뀌었어. 무엇이든 실패를 두려워하지 않고 도전하는 마음을 그때부터 가지게 되었지.

지금 무언가에 도전하고 있어? 혹은 도전을 준비하고 있지는 않니? 그렇다면 내 경험이 도움이 되면 좋겠어. 미리 정한 한계나 처한 환경에 휘둘리지 않고, 기세 좋게 도전하기를 바라. 최고가 아니더라도, 자꾸 실패하더라도 포기하지 않는 마음이 중요해. 타인의 시선도 과도한 기대도 눈 질끈 감고 나아가. 용기와 자신감을 갖고.

나를 지키는 습관

요즘에는 정말 위험한 사건이 자주 일어나는 것 같아. 흉흉한 사건·사고가 뉴스에 나올 때마다 참 안타까워. 마음이 우울한 사람의 이야기도 뉴스에 자주 나오지. 생각보다 많은 사람이 위험에 처하곤 해. 어떻게 해야 위험에서 나를 지킬 수 있을까?

소방관 시험을 준비하려고 서울 노량진에 갔을 때의 이야기야. 고향에서 가까운 대구나 지금 근무하고 있는 부산에도 소방관 시험 학원이 있는데 굳이 서울에 간 이유는 혼자서 고립된 생활을 하는 게 나을 것 같아서야. 고향에 있다 보면 공부한다고 해도 가까이 있는 친구나 지인과 만날 것이고, 그러면 공부가 잘되지 않을 것 같았어. 부모님과 연인을 고향에 남겨 두고 혼자 노량진에 갔어.

처음 노량진에 도착한 날은 평일이었어. 지하철에서 내려 지상으로 나가니 육교가 나오더라. 육교를 올라 아래를 내려다보니 공무원 수험생으로 보이는 사람들이 까맣게 한데 뭉쳐 걸어가고 있었어. 그 모습을 보고 눈이 휘둥그레졌던 기억이 나.

'아니, 저 사람들이 다 수험생이라고?'

육교를 건너간 후에는 눈이 아니라 몸이 놀랐어. 거리가 인파로 가득했거든. 비집고 나갈 틈도 없이 사람 사이에 끼어 이리 치이고 저리 치이며 나아갔어. 제대로 걷지도 못할 만큼 많은 사람 속에서 괜히 왔나 싶은 후회가 갑자기 들더라고. 그래도 어쩌겠어. 독하게 마음먹고 수험 생활을 시작했으니 도망칠 곳도 없었어. 인터넷 검색으로 찾은 유명 공무원 학원으로 발길을 옮기기 시작했지. 걷다 보니 한 건물이 보였어. 건물 전체가 공무원 학원이었는데, 안에 들어서니 수험생으로 가득 차 있었어.

다들 비슷한 옷을 입고 비슷한 가방을 메고 계단과 복도를 오가고 있었어. 대부분이 무표정한 얼굴이었지. 나는 연인이 챙겨 준 돈으로 석 달 치 학원비와 교재비를 냈어.

그리고 다시 지하철을 타고 영등포시장 근처 고시원으로 갔지. 부끄럽게도 모아 둔 돈이 없어서 부모님이 주신 돈으로 6개월 치 고시원 방값을 지불했어. 그러고 나니 수중에는 단 몇만 원이 남았어. 이때부터 고민이 시작됐어.

나는 운동하는 게 유일한 낙이었어. 특수부대에 들어간 이후로 오전 운동을 한 번도 거른 적이 없었어. 아무리 늦게 자도 아침 여섯시면 눈이 떠졌고, 눈을 뜨면 바깥으로 나가 달리기를 했어. 운동하는 습관이 들었던 거야. 유산소 운동은 길거리를 뛰어도 되었지만, 무거운 역기를 드는 근력 운동은 아무 데서나 할 수 없었어. 마음이 조급해져서 고시원 근처에 있는 헬스장을 발견하고 가까이 갔더니, 입구에 전단지가 붙어 있었어.

'파격 할인! 3개월 12만 원!'

당장이라도 헬스장에 등록하고 싶었지만, 그럴 만한 돈이 없었지. 하루 종일 고민하다가 결국 아르바이트를 하기로 마음먹었어. 거리에 붙은 아르바이트 모집 전단지를 보고 영등포 인근 편의점으로 갔어. 주말에만 일하며 한 달 고시원 방값 정도의 돈을 받기로 했지. 바로 헬스장에 등록할 수는 없었어. 한 달 뒤에 급여를 받을 테니 말이야. 어쩔 수 없이 그날부터 고시원 근처 초등학교 운동장을 뛰었어. 맨몸으로 할 수 있는 근력 운동도 쉬지 않고 했지. 헬스장에 등록한 건 한 달 뒤 아르바이트 급여를 받았을 때야. 그런데 한 달 후에 가니 파격 할인 행사가 끝나서 3개월에 18만 원을 내야 한다고 하더군. 나는 3개월치 비용 18만 원을 냈어. 운동에 돈을 아낄 생각은 없었거든.

왜 그렇게 운동에 집착하느냐고? 군 생활을 하면서 체득한 사실 때문이야. 나를 지키는 건 결국 나 자신이라는 것이었지. 특수부대원으로 일하며 위험하고 어려운 훈련과 실전을 방불케 하는 다양한 작전을 해 나가면서 느꼈어. 훈련과 작전을 훌륭하게 수행하는 데 가장 중요한 조건 중 하나가 강인한 체력이라는 것을 말이야. 몸이 튼튼해야 원하는 만큼 움직일 수 있고, 원하는 만큼 움직여야 목표를 이룰 수 있다는, 간단한 진리를 알게 된 거야.

당연히 공부에도 체력이 필요해. 사람의 몸 중 가장 많은 산소를 소모하는 기관은 바로 뇌야. 두뇌 활동이 극에 달하는 수험 생활을 문제없이 해내려면 당연히 체력이 좋아야 해. 결코 몸을 멋지게 가꾸고자 운동에 매달린 것이 아니야. 어떤 일을 하든지 간에 첫째로 중요한 조건이 강한 체력이라는 생각은 지금도 변함없어.

소방관이 되고 나서 육체의 건강함, 강인함이 중요하다는 것을 다시 한번 느꼈어. 내 안전을 지키는 건 다른 무엇도 아닌 내 육체기 때문이야. 소방관이 몸에 걸치는 피복과 장비는 20킬로그램이 넘어. 이 장비를 착용하지 못한다면 목숨을 잃을 수도 있어. 무거운 장비를 몸에 걸치고 한 치 앞도 보이지 않는 불속과 물속을 들락거리려면 몸이 튼튼해야 해. 소방학교에 근무할 때 갓 들어온 신임 소방관들에게 나는 항상 이런 당부를 했어.

'몸을 단단히 만들어라.'

요즘 바디 프로필이라는 이름으로 자신의 예쁜 몸을 사진으로 남긴 사람을 인터넷에서 많이 봤어. 예쁜 몸도 좋지만, 소방관은 예쁘기만 한 몸이 아닌 강한 몸을 만들어야 한다는 게 내 생각이야. 신임 소방관들이 앞으로 현장에서 맞닥뜨릴 수많은 사고 속에서 누군가를 들쳐 메고 나와야 한다면 육체가 강인하지 않으면 안 될 거야. 더 나아가서 소방관 자신이 위험에 빠지게 된다면 그때 역시 육체적인 힘이 있어야 해. '자가구조(自家救助)'라고도 하는데, 자신이 자신을 구조한다는 뜻이야. 자가구조도 힘이 있어야 가능해.

소방관이나 군인, 경찰 같은 위험한 직업만 강한 육체를 가지면 되냐고 물을 수도 있을 거야. 단호하게 아니라고 말하고 싶어. 건강한 몸은 일상생활에 상당한 자신감을 불어넣어. 어깨를 펴게 하고 걸음걸이를 당당하게 바꾸어 주지. 대인 관계에서도 마찬가지야. 자신감 있게 사람을 대하게 돼. 목소리는 선명하게, 눈빛은 밝게 바뀌어. 그렇게 자신감 있게 행동하면 타인이 나를 함부로 대하지 못해. 근육이 우락부락해서가 아니야. 건강하고 강인한 육체 자체에서 나오는 당당함 때문이지. 건강한 몸은 누군가를 구하는 일을 하지 않더라도 중요해.

얼마 전에 이런 뉴스를 봤어. 여자 혼자 운영하는 작은 식당에 술 취한 남자가 와서 행패를 부린 거야. 사장은 밖으로 도망갔어. 취객은 손에 흉기까지 들고서 따라갔고, 다급한 사장은 인근 자동차 정비소로 달려가 도움을 요청했어. 이때 자동차 정비소에서 일하는 남자 두 명이 나왔는데 취객은 이들을 보자 줄행랑을 쳤어. 정비소 사장은 여기에 그치지 않고 취객을 추격해 잡아서 경찰에 넘겼지.

자동차 정비소 사장은 평소 운동으로 단련된 탄탄한 몸을 가지고 있었어. 위험을 무릅쓰고 사람을 구한 영웅담도 중요하지만, 우리는 여기서 다른 교훈을 얻을 수 있어. 몸을 강하게 만들면 소방관이나 경찰이 아니어도 누군가를 구하거나 자신의 안전을 지킬 수 있다는 것 말이야.

물론 위의 사례처럼 위험한 상황이 일어나서는 안 되

겠지. 하지만 위험은 그런 상황이 아니더라도 일상에서 존재해. 물에 빠지는 상황처럼 말이야. 계곡이나 강가, 바닷가 깊은 곳에 사람이 빠지는 일은 해마다 발생해. 그럴 때 수영할 줄 안다면 깊은 물속이라도 어렵지 않게 빠져나올 수 있을 거야. 또 등산을 갔는데 길을 잃어 산을 헤맨다고 생각해 봐. 시간이 흘러 해가 지고 어둠이 찾아오면 춥고 배고파서 체력이 점점 고갈될 거야. 그럴 때 역시 튼튼한 신체를 가진 사람이 그렇지 않은 사람보다 생존 가능성이 높을 거야. 길을 찾기 위해 움직일 힘이 남아 있을 수도 있고, 체력이 다하더라도 건강한 몸은 춥고 배고픈 환경을 더 오래 버티게 해 줄 거야.

하지만 자기 신체와 경험을 너무 과하게 믿으면 안 돼. 부산에 있는 어느 구조대에서 근무할 때 누군가 바다에 빠졌다는 신고를 받고 출동했어. 현장에 도착해서 바다에 위태롭게 혼자 떠 있는 사람을 보고 미친 듯이 수영해서 다가갔지. 바다에 빠진 사람은 해녀였어. 평생을 바다에서 자맥질하며 해산물을 채집한 분이 조난당한 거야. 탈진 때문이었어. 노령의 몸으로 차가운 바다에서 해산

물을 따기 위해 몸을 움직이다 보니 탈진한 거지. 그날따라 파도도 사나웠으니 더 힘들었을 거야.

또 한번은 산에서 조난 신고를 받고 출동했는데 한참 산을 뒤져 찾은 조난자는 고령의 남자분이었어. 길을 잃은 데다 더는 걷기조차 힘들 정도로 힘이 빠져 119에 신고한 거야. 나이 든 어르신뿐만이 아니야. 체력이 좋지 않은 젊은이도 자주 위험에 빠져. 그들을 구하러 출동한 적이 여러 번 있었어. 이렇듯 체력이 좋지 않다면 예상과 다른 일이 벌어지고, 위험에 빠질 확률이 더 높아져.

혹여 평소 운동을 했다고 해도, 자신의 체력을 너무 과신한 나머지 다른 사람을 구하기 위해 섣불리 위험 속에 들어서는 일은 없길 바라. 물에 빠져 안타깝게 목숨을 잃는 사람이 여름철마다 생기는데, 그중 절반은 물에 빠진 가족이나 친구를 구하러 들어간 사람이야. 사람을 구하다가 잘못하면 더 많은 생명을 잃을 수도 있어. 내가 말하는 육체적 강인함은 자신을 위험에 빠뜨리는 과도한 용기나 만용이 아니야. 자신을 지킬 정도의 정신적·육체적 강인함이 중요해. 이 부분을 꼭 명심하길 바랄게.

바다에서 실종된 중학생을 수색하던 때의 모습.

소방관이라는 직업을 가지고 나서 수많은 사고 현장을 다니다 보니 사람이 살고 죽는 장면을 수없이 보게 됐어. 몸이 건강하고 체력이 좋다고 해서 사고 당하지 않는 것은 아니야. 위험에서 빠져나오는 것보다 안전을 지키는 게 더 중요해. 주변을 둘러보면 일상 속에도 많은 위험이 있어. 그것을 의식하지 못하는 사람이 많아. 깜빡하고 안전벨트를 하지 않는 일, 에스컬레이터에서 뛰는 일, 집을 비울 때 가스 밸브를 잠그지 않는 일, 물놀이할 때 안전장비를 착용하지 않는 일 등등……. 결국 안전에 유의하는 습관을 들이는 것이 중요해.

안전을 생각하지 않고 지내는 것을 '안전 불감증'이라고 불러. 안전 불감증에 빠지기 전에 안전에 신경 쓰는 일이 몸에 배게 해야겠지? 그러니 언제든 생활 안전 수칙을 반드시 지키길 바랄게. 생활 안전 수칙을 지키며 운동으로 건강한 몸을 만든다면 위험으로부터 나를 지킬 수 있을 거야. 과도하게 운동하지 않아도 돼. 매일 조금씩 일상처럼 하는 운동이 큰 도움이 되거든. 모두 자신을 지킬 수 있는 정신과 육체를 가진 사람이 되었으면 해.

다른 사람을 구하는 자기방어

비밀 한 가지를 말해 줄게. 소방관이 가장 먼저 구해야 할 사람은 쓰러진 사람도 물에 빠진 사람도 아니야. 이런 말이 있어. "누군가를 구할 때 0순위는 구조대원 자신"이라는 말이야. 나는 지금까지 세 가지 직업을 거쳤어. 여기서 말하는 직업은 일정한 노동을 하고 정당한 보수를 받은 일을 뜻해. 나는 대학교에 다닌 적이 없어(전문대를 한 학기 다니긴 했지만 학교에 출석한 날이 손에 꼽을 정도니 다녔다고 말하기 어려워). 앞서 말했듯 스물한 살에 특수부대 부사관이 되었어. 그러니 나의 첫 번째 직업은 군인이었지.

어쩌면 운명이었을까? 내가 가진 직업 모두 누군가를

지키거나 구하는 일이었어. 군인은 국민의 생명과 재산을 지키는 사람이야. 물론 때에 따라 공격 임무를 수행하기도 하지만 그 또한 큰 틀에서 보자면 나라를 지키는 일이야. 악과 위험에 맞서는 일이니까 말이야.

전역한 후 나는 대략 1년 반 동안 민간 경비 회사에 다녔어. 두 번째 직업이었지. 즐겁게 일했지만, 회사인 만큼 사람을 끌어들이는 영업 비슷한 일을 해야 했어. 그 부분이 나와 맞지 않아 그만뒀어.

세 번째 직업이 소방관이야. 나는 매일 전쟁처럼 일어나는 수많은 사고 현장에서 사람을 지키고 구하는, 소방관이라는 직업을 15년째 하고 있어. 책 『소방기본법』 첫 줄에 쓰인 제1조는 다음과 같아.

제1조 (목적) 이 법은 화재를 예방·경계하거나 진압하고 화재, 재난·재해, 그 밖의 위급한 상황에서의 구조·구급활동 등을 통하여 국민의 생명·신체 및 재산을 보호함으로써 공공의 안녕질서 유지와 복리증진에 이바지함을 목적으로 한다.

소방학교에서 신임 소방관 교육을 받을 때 나를 가르친 교관님은 이 법 구문을 항상 말씀하셨어. 거의 외우다시피 한 구문 중 "국민의 생명, 신체 및 재산을 보호함으로써" 부분을 떠올릴 때마다 나는 소방관이 되길 잘했다고 생각해. 타인을 위험에서 구하기 위해 자신을 희생하는 직업이 세상에 얼마나 될까? 세상의 모든 직업에는 그 직업만의 사명과 목표 의식이 있어. 그런 면에서 소방관이란 직업의 가치를 말하자면 타인을 지키는 숭고함이라고 말하고 싶어.

일에 익숙해질 만큼 오랫동안 소방관 일을 했지만 나와 동료들 모두 사람을 지키고 구하는 일을 조금도 가볍게 여기지 않아. 감사하게도 사람들이 소방관을 존경한다고 말하는 이유가 바로 이런 점 때문이지 않을까 해. 다른 사람을 위해 봉사하는 이타적인 직업이니까 말이야. 물론 직업인 만큼 금전적 대가를 받지만, 과분한 사랑을 받는 것 아닐까 생각하기도 해. 그래서 내가 정말 이 일을 잘하고 있는지 자주 되돌아봐. 잘하지 못한 점이 있다면 부끄러움에 반성하기도 하지.

그만큼 소방관이라는 직업을 사랑하지만, 소방관을 하면서 겪는 어려움도 많아. 육체적 어려움은 물론이고 정신적 어려움도 많지. 가끔 이상한 생각이 나를 찾아올 때가 있어. 평소의 나는 타인을 지키는 고귀하고 가치 있는 소방관의 삶에 자부심을 가져. 그런데 언제부턴가 한편으로 나를 잃어 가는 듯한 기분이 드는 거야. 정신적인 문제를 겪기 시작했던 거지.

교통사고 현장에서 죽어 가는 사람을 구하다가 살아난 모습을 보면 보람을 느끼지만, 내가 구하려던 누군가가 살지 못하고 죽는다면 큰 상실감이 들어. 처참한 현장의 기억이 뇌리에 남아 오랫동안 떠오르기도 하지. 그런 이유로 마음의 병을 앓는 소방관이 많아.

외상 후 스트레스 장애(Post Traumatic Stress Disorder)를 아니? 전쟁에 참전한 군인이 많이 겪는 정신적 질병인데, 급박하고 처참한 현장의 참상이 기억 속에 각인되어 정신을 멍들게 해. 영어 약자인 PTSD로 많이 알려진 질병이야. 소방관도 이 질병에 시달려. 특히 사람이 크게 다치거나 죽는 모습을 보면 PTSD에 걸릴 확률이 더 높아지는데, 어린아이나 동료의 죽음 같은 극단적인 광경을 보면 더 위험하지. 가족 중 한 사람이 세상을 떠난다면 얼마나 슬픔이 클지 상상이 가니? 구하려던 사람이나 동료가 죽었을 때도 마찬가지야. 감당할 수 없을 만큼 큰 슬픔이 몰려와. 안타까운 사고로 세상을 떠나기에 더 그런지도 몰라. 사람이 죽는 것은 자연의 이치지만 나이가 들어 죽는 것과 어느 날 불현듯 찾아온 사고로 세상을 떠나는 것은 다르니까 말이야.

사회에는 안타까운 죽음을 눈앞에서 접하는 직업이 꽤 있어. 당연히 병원에서 일하는 의사, 간호사도 포함돼. 응급실이나 중증 외상 센터에서 일하는 의료인은 안타까운 죽음을 정말 자주 목격할 거야. 그럼에도 의료인은 마음 아픈 기억을 꾹꾹 누르며 환자를 살리기 위해 언제나 최선을 다하고 있어. 존경받아 마땅한 직업이야. 소방관도 비슷해. 의료인이 병원 등 치료 시설에서 사람을 살리기 위해 노력한다면 소방관은 사고 현장에서 사람을 살리기 위해 노력해.

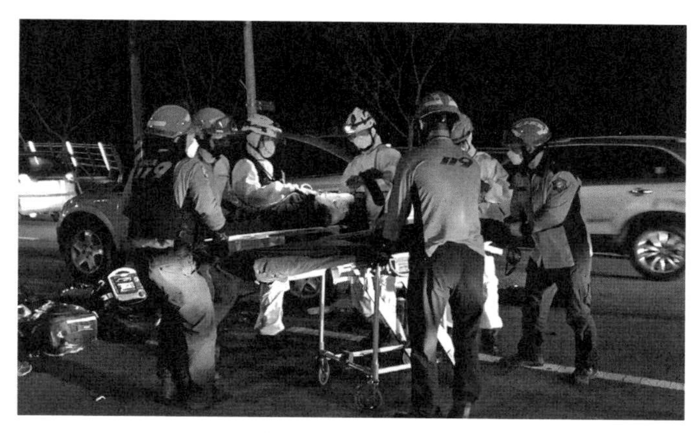

실제 교통사고 현장 모습.

의료인이나 소방관같이 직업적으로 타인의 죽음을 목격하는 사람은 PTSD에 쉽게 노출될 수밖에 없어. 일반인이라면 평생 한 번 볼까 말까 하는 사람의 죽음을 쉴 새 없이 마주해야 하니까 말이야. 사람을 살리기 위해 최선을 다했는데도 숨을 거둔다면 그 충격은 결코 작지 않아.

안전하게 자라야 할 어린아이가 눈앞에서 죽어 가는 모습을 볼 때의 충격은 말로 전할 수 없을 정도야. 동료가 세상을 떠났을 때도 마찬가지야. 소방관에게 동료란 '나와 위험한 현장에서 함께하는 사람'이야. 서로를 위험에서 구해 주는 존재기도 하지. 나는 내 동료를 '또 다른 나'라고 표현해. 화재 현장이나 사고 현장에서 나와 동료 모두가 안전해야 위험에 처한 사람을 무사히 구해 낼 수 있어. 그래서 소방관은 평소에도 동료를 매우 아껴. 그런 동료가 세상을 떠날 때면 충격이 정말 커.

구조 우선 순위를 다시 한번 말할게. 누군가 위험에 처해 있어도 그 위험이 구조대원의 목숨까지 위협한다면 섣불리 현장에 진입해서는 안 돼. 영화에서처럼 죽을 줄 알면서도 자기 몸을 사지(死地)로 던지는 일은 현실에 거의 없어. 물론 어느 정도의 위험은 충분히 감수해. 아니, 사실 소방관은 위험을 달고 산다고 해도 과언이 아니야. 다만 여기서 이야기하는 위험은 소방관이 판단했을 때 위험에 처한 사람을 안전하게 구출할 가능성이 없는 상황을 말해. 가능성이 없는데도 진입했다가는 사상자만 늘 수 있어. 너무 가혹하다거나 소방관이 용기가 부족하다고 생각하지 않았으면 해. 소방관이 자신의 안전을 지켜야 더 많은 사람을 구할 수 있거든.

그래서 자기방어(Self Defence)를 할 줄 알아야 해. 자기방어는 눈앞의 문제를 회피하거나 아무것도 시도하지 않는 게 아니야. 외부로부터 자신을 지키는 일을 말해. 어떤 일이든 자신의 안전을 항상 염두에 두어야 해. 자신의 안전이 보장되지 않은 채 과도한 용기를 부려 위험에 뛰어들어서는 안 돼. 물에 빠진 가족이나 친구를 구하기 위해 물에 뛰어들었다가 안타깝게 사망하는 사고가 종종 일어나. 나는 그런 사고를 몇 번이나 눈앞에서 봐 왔어. 사고가 일어나면 돌이킬 수 없어. 사고를 목격한 사람의 슬픔은 말할 수도 없지. 누군가를 구하려던 사람마저 사고에 휩쓸리는 일은 결코 일어나서는 안 되는 일이야.

자기방어는 소방관에게만 필요한 게 아니야. 지금을 살아가는 사람 모두 자기방어가 필요해. 혹시 부모님 등 어른이 운전하는 걸 본적이 있어? 과도하게 차선을 바꾸지 않고 앞차와 거리를 두고 운전하는 것을 본 적 있니? 그런 것을 방어 운전이라고 해. 방어 운전은 예측하지 못하는 위험으로부터 자신을 지켜 줘.

예측하지 못하는 위험은 어쩌면 불가항력이야. 그러니

예방조차 하지 않으면 그런 위험과 더 쉽게 맞닥뜨릴 수 있고 그 피해도 더 클 거야. 미리 알 수 없으니까 말이야. 자연재해를 봐. 일기예보를 하고 대비책을 세워도 세계에서 가뭄, 홍수, 폭설, 태풍 등 인간이 대항할 수 없는 규모의 재해가 일어나. 지금 이 글을 쓰는 동안에도 전국에 비가 많이 내려 사람이 죽거나 다치고 있어. 이럴 때면 거대한 자연 앞에 선 인간의 나약함과 무력함을 한없이 느껴.

하지만 분명한 건 노력한다면 재해를 최소화할 수 있다는 거야. 비행기 사고를 예로 들어 볼게. 사람을 많이 태우고 하늘을 나는 비행기는 수백 가지 점검을 완벽히 거쳐야 이륙할 수 있어. 매일 정비사들이 꼼꼼하게 비행기를 점검해. 체크 리스트를 들고 부품 하나하나, 기능 하나하나 잘못된 것은 없는지 매일 들여다봐. 이것이 철저한 자기방어야.

나는 특수구조단에서 근무하기도 했어. 특수구조단에는 항공 구조대가 있어. 헬리콥터를 이용해서 산불을 끄고 사람도 구하지. 그곳에 근무하는 동료 중에 정비사가 있었는데 매일 철저하게 헬리콥터를 점검해. 대충은 없어. 매일 정해진 시간에 일정하게 정비하고 혹시나 출동을 다녀왔다면 더 꼼꼼하게 점검해. 조금이라도 이상이 의심되면 절대 헬기를 이륙시키지 않아. 헬리콥터 조종사가 원해도 정비사가 반대한다면 이륙할 수 없어. 이렇듯 정해진 원칙과 기준을 지켜야 자기방어가 이뤄져.

우리는 기본적인 원칙을 지키지 않아 일어난 대형 사고를 많이 봐 왔어. 안전기준을 지키지 않아 서울의 대형 백

항공 구조대원이 인명 구조견과 하강하기 직전의 모습.

화점이 무너져 내렸고, 한강에 있는 다리가 주저앉았지. 달리던 기차가 탈선하기도 했어. 몇 년 전에는 고등학생들을 실은 배가 가라앉아 생때같은 어린 생명을 많이 잃기도 했어. 기본적인 선박 안전 원칙을 무시한 채 승객을 태우고, 출항 전 승객에게 자기방어를 가르쳐 주지도 않았기에 사고에 대응할 수 없었어. 사고가 일어났음에도 적절한 지시조차 하지 않았지. 이처럼 이루 말할 수 없이 슬픈 참사들은 기본적인 원칙을 지키지 않아서 일어났어.

원칙을 지키고 자기방어 방법을 알려 주었어야 해. 나를 구하는 일은 생명을 구하는 일이야. 모두 안전을 우선으로 생각한다면 사회의 안전 의식이 높아질 거야. 파란불에 횡단보도를 건너고 빨간불에는 정지해야 하는 것처럼 누가 시키지 않아도 안전 원칙을 지키는 것이 중요해. 우리 사회의 안전 의식이 아직 부족해 보이는 것은 나만의 생각일까? 최근 스쿨 존에서 정해진 속도보다 빠르게, 그것도 음주 운전을 해서 초등학생들을 죽게 한 사고가 있었어. 안전 의식이 부족해 벌어진 이런 사고를 보면 슬픔과 참담함에 고개를 들 수조차 없어.

원칙을 지키며 나를 구하는 일이 곧 타인을 구하는 일이야. 누구도 내 삶을 대신해 줄 수 없어. 사람 구하는 일을 하는 나 역시 죽음에 직면하면서까지 다른 사람을 구하는 상황을 생각하면 공포를 느껴. 제발 그런 일이 일어나지 않기를 바랄 뿐이야. 그러니 자기 자신을 아끼는 마음을 가졌으면 해. 여러 상황에서 도움이 되기도 하거든. 자신을 아껴야 당당한 태도를 가질 수 있고, 당당한 태도는 타인을 자신있게 대하는 힘이 돼. 소방관이 자신의 몸과 마음을 단련하는 것도 그런 이유야. 소방관이 매일 운동하고 공부하는 이유는 누군가를 구하기 위해서지만, 동시에 자신의 안전을 지키기 위해서기도 해.

그러려면 먼저 자신을 들여다보는 것이 좋아. 시선을 외부가 아닌 내부로 바꿔 보는 것을 추천할게. '나를 들여다보는 시간'을 가지는 방법은 여러 가지야. 일기를 써도 좋고 운동을 해도 좋아. 일기는 오로지 나를 위해 쓰는 글이기에 속에 있는 깊은 말을 다 꺼낼 수 있어. 거울 보듯 내 마음을 들여다볼 수 있지. 기쁨·슬픔 등 감정을 오롯이 글 속에 표현할 수도, 지난 잘못을 반성하거나 앞으로의 목표를 다짐할 수도 있어. 운동도 마찬가지야. 목표한 수준에 도달하기 위해 꾸준히 운동하다 보면 운동 능력이 향상되는 것을 느낄 수 있어. 그 느낌은 또 다른 일에 도전할 수 있는 동기를 부여해.

운동은 정직해. 노력한 만큼 결과를 가져와. 그렇기에 자신을 객관적으로 평가할 수 있는 가장 쉬운 방법이기도 해. 그래서 운동은 좋은 자아 성찰 수단이야. 육체적인 활동에 몰입하며 잡념에서 벗어날 수도 있지.

나를 지켜서 타인을 구하는 삶을 살기를 바라. 혹시 학교생활이 힘들거나 공부가 어렵지는 않니? 나를 먼저 돌보며 고난을 이겨 나가길 바랄게. 그렇게 하나둘 고난을 이겨 내다 보면 언젠가 목표를 이룰 수 있을 거야. 나보다 더 잘난 누군가를 보지 않고, 나 자신을 더 소중히 여기길 바랄게. 자신이 고귀한 사람이라는 사실을 잊지 마. 그리고 이 말을 읽어 보았으면 해. 탈무드에 나오는 속담이야.

"남의 입에서 나오는 말보다 자기 입에서 나오는 말을 잘 들어라."

3장

내 마음에 화재가 발생했어!

불길의 시작점을 찾아

지난 겨울에 직장에서 실시하는 마이어스-브릭스 유형 지표(Myers-Briggs Type Indicator) 검사를 해 봤어. 흔히 MBTI라고 부르는 검사야. 꽤 많은 질문지를 세밀하게 작성해 ENFP라는 결과를 받았어. 사실 이 검사를 하기 전까지 MBTI가 뭔지도 몰랐어. 가끔 아내와 딸이 언뜻언뜻 알려 줄 때가 있었는데, 크게 관심이 없었어. 내가 접한 것은 혈액형별 성격 같은, 오래전 성격 테스트뿐이었거든. MBTI 검사 역시 그냥 재미 삼아 보는 테스트 정도로 알고 있었어.

그런데 소방관의 심리를 상담하는 부서에서 MBTI 검

사를 실시한 거야. 내가 알던 오래된 성격 테스트와는 많이 다르다는 생각이 들었어. 그래서 검사에 진지하게 임했지. 검사를 마친 뒤 결과지를 읽어 보니 너무 재미있고 신기했어. ENFP라는 성격 유형 설명이 있는데, 내 성격과 많은 부분이 닮았더라고. '열정적이다, 창의적이다, 상상력이 풍부하다' 등 좋은 내용이 있었어. '일을 많이 벌인다, 세부적인 내용에 약하다' 같은 지적 사항도 꽤 있었지. 거의 다 내 성격에 맞는 말이었어. 스스로가 어떤 사람인지 가끔 진지하게 생각해 보곤 하는데, 검사 결과지 속 설명은 내가 생각했던 내 모습과 유사했어. 신기한 일이었지.

특히 감각 기능이 발달했다는 내용에 공감했어. 평소 내 성격이 감성적이라고 여겼거든. 내가 말하는 감성적인 성격은 마음이 여린 성격을 말하는 게 아니야. 대상을 대할 때 세밀하게 분석하거나 따져 보는 대신 마음 가는 대로 판단하는 성격을 말해. 나는 분석적이지 못하고 치밀하지 못해. 그때그때 내 감정이 이끄는 대로 움직이는 걸 더 중요하게 생각하거든. 이런 성격은 창의적이고 감각적인 생각에 능하다는 장점이 있지만, 침착함이 부족하고 세밀하지 못하다는 단점도 있지. 타인을 대할 때도 공감을 잘한다는 장점이 있지만, 사람을 너무 믿는다는 단점이 있어. 이런 나의 성격은 MBTI 검사 결과지에도 적혀 있었지. 그 덕에 나에 관해 한 번 더 생각해 봤어.

나는 화를 잘 참지 못해. 스스로 잘 알고 있어. 가끔 욱하는 성격 때문에 몇 번 곤란한 경험도 했지. 어릴 때부터 지는 것을 싫어했어. 운동 경기를 하다 친구와 많이 다투기도 했고, 목소리도 커서 다혈질이라는 이야기도 많이 들었지.

눈물도 많았어. 중학교 1학년 때는 전학 가면서 반 친구가 전해 주는 송별사에 목 놓아 울기도 했고, 어른이 되어서는 티브이로 올림픽경기를 보다가 금메달 딴 국가대표 선수가 감격에 겨워 눈물을 흘리면 함께 울기도 했어. 누군가 내 이런 모습을 보고 놀리지 않을까 걱정도 되지만, 흐르는 눈물을 억지로 참지는 않아. 슬프다는 감정이 몸으로 표현되는 것이 눈물이잖아. 나는 굳이 슬픔을 참기보다는 눈물을 흘리며 감정에 충실한 편이야. 내 감정을 오롯이 느끼는 것이 중요하다고 생각해.

나는 분노도 슬픔과 똑같이 생각해. 많은 사람이 분노를 좋지 않은 감정으로 생각해. 그렇기에 분노를 참아야 하고 조절해야 하는 것으로 여기는 사람이 많아. 나는 그렇게 생각하지 않아. 분노도 소중한 감정 중 하나야. 그러니 때로는 분노도 밖으로 내보여 표현해야 할 필요가 있지 않을까? 어떻게 표현하느냐가 중요할 뿐, 감정 자체를 부정할 필요는 없다는 게 내 생각이야.

나는 감정 표현을 잘하는 편이지만, 감정을 끊임없이 제어하고 관리해야 한다는 사실 또한 배웠어. 일종의 감정 조절법인데, 군대에서 배웠지. 사실 군대라는 곳에서 감정을 어떻게 해소하느냐 하는 문제는 매우 어려운 일이야. 임무 수행이라는 뚜렷한 목적이 있는 집단이기에 개인의 감정은 우선순위가 아니거든. 공동의 목표를 이뤄야 하니까 말이야. 그런 감정을 잘 다룬 〈아메리칸 스나이퍼〉(2014)라는 영화가 있어. 미국의 전설적인 배우이자 감독인 클린트 이스트우드가 만든 영화인데, 이라크 전쟁에 파병된 미국 특수부대 네이비 실(NAVY SEAL) 대원인 크리스 카일의 실화를 바탕으로 한 영화야. 네이비 실은 내가 몸담았던 한국 해군 유디티의 본보기가 되는 미국 해군의 특수부대야. 그렇기에 나는 개봉하기 전부터 이 영화에 관심을 가졌어. 실화를 바탕으로 한 전쟁영화라기에 현실적이고 멋진 전투 장면을 기대했지. 하지만 영화는 다른 관점으로 전쟁을 보여 줘. 희생정신과 애국심이 투철했던 한 남자가 9·11 테러를 보고 네이비 실에 자원입대하고, 또 이라크에 파병되어 처절한 전투 현장을 겪지. 영화는 그가 느끼는 숱한 감정과 그 감정이 드러나는 과정을 보여 줘.

주인공은 저격수야. 자신의 동료를 공격하려는 적군을 먼저 사살하고 안도하던 찰나, 저격당한 적이 떨어뜨린 로켓포를 그 옆에 있던 어린아이가 다시 들어 동료를 겨냥하지. 주인공은 그 모습을 보고 갈등에 빠져. 만약 그 아이가 로켓포를 쏘면 동료들이 죽을 게 당연했어. 동료의 죽음을 막으려면 로켓포를 든 어린아이를 죽여야 했지. 이 장면은 영화 전체를 통틀어 가장 긴박한 장면이야. 다행히 아이는 주인공이 검지를 방아쇠에 대는 순간 로켓포를 던지고 도망가. 덕분에 주인공은 아이를 쏘지 않아도 되었어.

나는 어린아이를 죽이지 않으면 동료들이 죽는 절박한 상황에서 주인공의 심정이 어땠을까 생각해 봤어. 정말 많은 생각이 들었어. 한 명의 인간으로서의 감정과 임무를 수행해야 하는 군인으로서의 이성이 대비되는 그 장면을 지금도 잊을 수가 없어. 아마 영화를 본 누구나 그 장면에서 주인공이 아이를 쏘지 않았으면 하고 생각했을 거야. 하지만 저격수로서 동료를 지키기 위해, 무사히 작전을 마치기 위해 방아쇠를 당기는 것이 그의 임무였지. 이처럼 세상은 감정과 현실, 이성과 감성이 늘 공존하고 부딪치는 일이 빈번해. 슬프지만 현실이고, 안타깝지만 받아들여야 해.

비슷한 관점에서 소방관 일을 말해 볼게. 차를 타고 가다 앞차 유리에 붙어 있는 어떤 스티커를 보면 나는 가끔 생각에 잠겨.

'아이부터 구해 주세요.'

아이를 아끼는 부모의 마음이 느껴지는 훈훈한 글귀라고 생각해. 하지만 구조대원으로서 보자면 그 문구는 현실과는 조금 거리가 있어. 어떤 사람을 먼저 구할지는 현장 상황에 따라 다르거든. 응급 환자가 우선이고, 비응급 환자는 그다음이야. 많이 다친 사람부터 구하는 것이 원칙이야. 물론 아이는 어른보다 연약하기에 보호받아야 할 존재가 맞아. 아마 많은 사람이 사고 현장에서 아이에게 먼저 손을 내밀 거야. 하지만 나는 구조대원이니까 그렇게만 생각하지는 않아. 목숨이 경각에 달린 어른과 비교적 온전한 아이가 있다면 어른부터 구할 수도 있다고 생각하지. 이것이 감정과 현실의 괴리야. 동료에게 무기를 겨눈 아이를 쏴야 하는 네이비 실 저격수와 아이보다 더 크게 다친 어른을 구해야 하는 구조대원의 상황을 보면 감정과 이성을 잘 조절해야 한다는 것을 알 수 있어.

나 역시 성격상 감정과 이성의 조절이 어려워. 그래서 힘들었던 적이 꽤 많아. 눈물도 많고 화도 많은 사람이라

일하다 보면 화가 나고 슬픈 감정이 마음속 깊은 곳에서 스멀스멀 올라오거든. 집 안에 갇힌 가족을 구하기 위해 아파트 현관문을 부수고 들어갔더니 나중에 부서진 문을 변상하라는 신고인과 언성을 높이며 싸우기도 했고, 계곡물에 빠져 실종된 사람을 찾아 물속에 들어갈 땐 실종자 가족의 슬픔에 동화되어 눈물을 참지 못했어. 제대로 수색하지 못 할 지경이었지. 반면 목숨을 걸고 화재 현장에서 사람을 구해서 나올 땐 말로 형언할 수 없는 희열과 기쁨을 감추지 못했지. 이렇듯 이 일을 하다 보면 기쁘고 슬프고 안타깝고 화가 나는 등 무수한 감정과 맞닥뜨리게 돼.

중요한 것은 그런 감정에 휩싸여 일을 그르치면 안 된다는 거야. 부서진 문을 변상해 달라는 신고인과 다툴 때든 안타까운 사고에 슬퍼할 때든, 내가 해야 할 일에 집중해야 해. 화를 내고 슬퍼하는 와중에도 말이야.

소방관이 된 이후 나는 사고 현장을 숱하게 보았어. 어떻게 해야 사고 현장에서 감정을 조절할 수 있을지 많이 고민했어. 스스로 여러 질문을 하기도 했지. '일도 중요하고 내 감정도 중요한데, 한쪽으로 치우치지 않으려면 어떻게 해야 할까?' '기쁘면 웃고, 슬프면 울고, 화가 나면 화를 내는 것이 자연스러운 것인데 왜 조절해야 할까?' 하고 말이야. 고민하면서, 기쁨과 즐거움보다는 분노와 슬픔에 더 주목했어.

어떤 결론을 냈느냐고? 분노든 슬픔이든 기쁨이든 다 내 소중한 감정이라는 것, 좋은 감정과 나쁜 감정을 나눌 필요가 없다는 결론을 냈지. 즐거운 마음이 들면 좋은 것이고, 슬픈 마음이 들면 좋지 못한 것이라는 생각부터 버렸어. 현대인에게는 뭐든 긍정적으로 생각하고 바라봐야 한다는 강박이 있는 것 같아. 언뜻 그것이 옳은 것 같기도 해. 그렇게 하면 미래가 긍정적으로 만들어질 것 같은 생각이 들기도 하니까. 하지만 절대적으로 옳지만은 않아. 오늘 아침 긍정적인 마음으로 집에서 나왔어도 점심에 어떤 일을 겪을지는 아무도 몰라. 긍정적으로 생각하면 모든 것이 좋아질 거라는 태도는 작은 불행과 슬픔에 무너져 버릴지도 몰라. 고난에 저항하는 힘을 키우지 못할 테니까 말이야.

그래서 지금 느끼는 감정 자체를 오롯이 바라보는 연습을 해야 해. 기쁜 마음이 들었다면 충분히 기뻐하고, 슬픈 감정이 든다면 그 슬픔을 적절히 표현해 보는 것이 좋아. 화가 난다면 화를 내야지. 다만 화를 표현하는 방식이 폭력적이거나 타인에게 공격적이어서는 안 돼.

소방관은 대다수의 사람이 겪어 본 적 없는 상황에 자주 놓여. 사고가 나서 누군가 다치고 죽는 상황도 많지. 그 상황에 맞닥뜨렸을 때 좋은 감정을 느끼기는 힘들 거야. 아마 대부분의 사람은 불안과 분노, 슬픔 등의 감정을 느낄 거야. 하지만 소방관이 그 감정에 동화되면 상황은 더 힘들어져. 사고를 당한 사람과 지켜보는 사람의 감정에 동요하지 않고, 자신의 감정을 객관적으로 바라봐야만 소방관 일을 할 수 있어.

사람을 구하는 도중에 감정에 휩쓸린다면 '꼭 필요한 일'이 제대로 진행되지 않아. 그래서 때로는 냉철하게 상황을 판단해야 해. 이성과 감정을 분리해 상황을 들여다보는 거야. 당연히 소방관도 사람이니 감정이 있을 수밖에 없어. 그렇기에 '아, 지금 이래서 내가 마음이 슬프구나' '어떤 일 때문에 지금은 화가 나고 있구나' 하고 마음을 지긋이 바라보는 연습을 하지. 슬프고 화가 나는 감정 자체를 부정적으로 볼 필요는 없어. 그 감정에서 한 발짝 뒤로 물러서서 지켜볼 필요가 있을 뿐이지.

모든 감정을 해소할 필요는 없어. 모든 감정에 특별한 의미를 둘 필요도 없지. 지금 내 안에서 일어나는 감정을 있는 그대로 바라보는 것만으로도 충분해. 기분이 행동을 지배하지 않아야 한다는 말도 있잖아. 예측할 수 없고 눈에 보이지도 않는 감정만을 따라 움직이는 것은 좋지 않아. 기분이 우울하다고 오늘 해야 할 공부를 그르치거나 화가 난다고 출근을 안 할 수는 없잖아?

그러면 어떻게 해야 하느냐고? 그냥 지켜보기만 하면 감정이 사라지느냐고? 물론 그런다고 감정이 쉽게 사라지지는 않아. 감정을 돌봐야지. 감정을 바라보는 이유는 내 감정을 정확히 파악하고 돌보기 위해서야. 감정을 조절하기 힘든 상황이 닥쳤을 때 '지금 내 기분이 이렇구나' 파악한 뒤 스스로 감정을 다독이는 연습을 해 봐야 해.

중요한 건 절대 억지로 감정을 눌러서는 안 돼. 감정을 억누르는 것과 돌보는 것은 다른 거야. 감정을 있는 그대로 두는 것과 회피하는 것은 다르니까 말이야. 화가 나면 그 상황을 가만히 생각해 보고 느껴야 해. '나는 화나지 않았어. 나는 화를 잘 참아' 하며 감정을 억누르는 것은 위험해. 그렇게 하면 화는 제어되지 않고 마음속에 더 큰 화가 생길 거야. 마치 소방관이 화재 현장에서 착용하는 공기탱크 속의 공기처럼 말이야. 고압 공기탱크는 공기를 매우 높은 압력으로 꽉꽉 눌러 담은 장비야. 공기탱크에 공기 호흡기를 연결해서 사용하지. 탱크의 밸브를 열면 어마어마한 압력으로 압축되었던 공기가 순간적으로 매우 강하게 분출돼. 그래서 공기의 압력을 낮춰 주는 압력 조정기가 필요해. 고압의 공기를 호흡할 수 있는 수준의 압력으로 낮춰야 하거든.

화도 그런 것 같아. 참는다고 꾹꾹 눌러 담기만 하면 언젠가 고장 난 밸브에서 분출되는 고압 공기처럼 더 큰 화가 순식간에 터져 버릴 수 있어. 그래서 화를 굳이 억누르거나 억지로 참지 않았으면 해. 다만 화를 밖으로 분출할 때는 조절할 줄 알아야겠지. 압력 조정기가 고압 공기를 저압으로 바꾸듯이 말이야.

그렇다면 어떻게 화를 조절할까? 나는 화나거나 슬플 때면 몸을 격렬하게 움직여. 우선은 내가 느낀 감정을 고스란히 인정해. 그 후에 운동을 시작해. 땀을 흘리고 몸이 힘든 것에 집중하며 분노와 슬픔을 잊으려 노력해. 아니, 정확히는 운동하는 동안 분노와 슬픔이 자연히 잊혀. 그럴 때마다 나는 억눌린 화가 압력 조정기를 통해 슬그머니 빠져나가는 것 같다고 느껴. 운동을 마치면 시원하게

스쿠버다이빙을 하며 스트레스를 풀기도 한다.

샤워하고 다시 감정을 들여다봐. 그러면 좋지 않은 감정은 어느새 사라지고, 나빴던 기억은 별것 아닌 듯 느껴져.

때로는 음악을 듣기도 해. 노래를 크게 따라 부르기도 하고, 내 시선을 영화나 책 같은 다른 곳에 돌려놓기도 해. 감정을 회피하는 것이 아니라 잠시 다른 곳에 다녀와 보는 거야. 그러면 감정을 객관적으로 바라볼 수 있는 평정심이 생기지.

누구나 살면서 분노나 슬픔 같은 감정에 휘둘린 경험이 있을 거야. 해결할 수 없는 문제가 있을 때도 분노나 슬픔을 느끼지. 당장 어떤 해결책을 바라기도 할 거야. 그런데 똑 부러진 해결책이라는 게 당장 생길까? 아마 쉽지 않을 거야. 그러니 그럴 때는 조금 뒤로 물러서서 감정을 바라보면 어떨까 해. 얼마 전에 읽은 심리학 책 『프로이트의 의자』(정도언, 지와인, 2023)라는 책에 이렇게 쓰여 있었어.

"현재를 사는 것은 일단 현재를 인식하는 것입니다. 내 생각의 주인이 되는 것입니다."

이 말이 가슴에 와닿았어. 평소에 내가 어떤 감정을 느끼고 어떤 생각을 하는지 차분히 인식해 보면 어떨까? 그렇다면 화나 슬픔, 즐거움이나 행복 같은 모든 감정의 주인이 나라는 것을 알게 될 거야.

몸을 일으킬 힘이 없다면

나는 매일 일기를 써. 얼마 전까지는 잠들기 전에 썼어. 요즘에는 아침에 눈을 뜨자마자 일기를 써. 하루를 반성하고 그날 있었던 일을 기록하는 것도 좋지만, 하루를 시작할 때 할 일을 계획하는 것도 좋을 것 같아서 방법을 바꿔 본 거야. 그런데 참 쉽지 않더라고. 아침에 일어나서 뭔가를 한다는 것 자체가 어려운 일인 것 같아. 눈을 떠서 이불 밖으로 나가기도 싫은데 일기장을 펴고 펜을 들어 글을 쓴다니, 정말이지 쉽지 않았어. '이걸 왜 하려고 했나' 하는 후회가 들기도 했지.

그래도 일어나서 양치하고 이불을 정리한 다음 거실

탁자 앞에 앉아 일기장에 글을 쓰는 습관을 들였어. 못 할 일만은 아니었어. 일기 내용이 대단하지는 않아. 오늘은 무엇을 해야 한다거나 하는 내용이 대부분이야. 어느 날은 도저히 쓸 말이 없어서 그냥 내 삶의 목표 같은 것을 반복해서 적기도 했어. 사실 일기는 나만 보는 글이기에 형식이나 구성에 크게 구애받지 않고 써도 괜찮아. 중요한 것은 일기를 쓰는 행위 그 자체야.

대다수의 사람이 아침 일기 쓰기를 버거워할 거야. 나도 마찬가지였어. 그래도 매일 아침마다 일기를 쓰다 보니 무언가 뿌듯한 일을 했다는 성취감이 생기더라고. 매일 써 나가다 보면 '언젠가 일기에 쓴 글대로 하루를 살아가지 않을까?' 하는 생각도 들었어. 혹시 모르지. 일기에 적은 미래를 실제로 맞이할지 말이야.

일기를 쓴 지는 대략 5~6년쯤 된 것 같은데, 처음에는 일기라기보다 그냥 아무렇게나 끼적대는 수준이었어. 고백하자면 마치 몸이 녹아내릴 듯 무기력을 느낀 시기에 글을 쓰기 시작했어. 무언가라도 적지 않으면 안 될 것 같았거든. 소방관에게 지급되는 공무원 수첩에 한 줄도 채 되지 않는 내 심정을 삐뚤삐뚤 써 내려간 것이 아마 어른이 되고 나서 처음으로 쓴 일기일 거야. 내용은 지금 생각해 보면 유치하고 보잘것없었어. 주로 이런 게 싫고 저런 게 마음에 들지 않는다는 불만이 많았던 것 같아. 직장인이라면 누구나 가지는 그런 감정이 대부분이었는데, 글로 써 내려가며 이런 걸 왜 쓰고 있을까 하는 생각이 들기도 했어.

그런데 글을 쓰고 난 후 날뛰던 속이 조금은 가라앉는 것을 느꼈어. 일기를 처음 썼던 그때의 나는 몸과 마음이 많이 지쳐 있었던 것 같아. 나는 스무 살 이후 열심히 앞만 보고 달렸어. 서른 이후에는 결혼해서 한 집안의 가장으로서 가족을 책임졌지. 마흔이 넘어서는 직장에서 팀장이라는 직책을 맡았어. 그러다 보니 정신적·육체적으로 많이 지쳐 있었는지도 몰라. 그때의 나는 무기력하고 힘들고 모든 것이 싫었어. 원래 나서는 것도 좋아하고 앞에서 말하는 것도 좋아하며 특히 이것저것 배우는 것을 즐기는 편이었는데, 그 모든 것이 싫어지고 심지어 미워지기까지 하더라고. 괜히 남이 하는 말들이 모두 나를 무시하는 것처럼 들렸어. 혼자 있는 것을 좋아하면서도 나를 빼고 모여 있는 사람들을 보면 샘이 나서 심술도 부렸지.

술을 진탕 마시고 누구랄 것 없이 신나게 험담하며 기분을 풀곤 했어. 그때 나의 행동과 생각은 매우 좋지 못했어. 지금 생각해 보건대 무기력이나 우울과 관련되어 있었던 것 같아. 나는 완전히 지쳐 있는데도 힘들다는 말을 절대 입 밖으로 꺼내지 않았어. 혼자서 끙끙 앓는 날이 대부분이었어. 현장에 출동해서도 열심히 일하지 않았어. 매우 부끄러운 일이지. 물론 출중한 후배들이 있어서 내가 굳이 나서지 않아도 되는 일이 많았지만, 기본적으로 해야 할 일조차도 하기 싫었으니 돌아보면 그때 나는 꽤 심각했던 것 같아.

'그까짓 것 대충 살면 되지 열심히 할 필요가 뭐 있어?'

이런 마음이 내 삶을 지배하던 시절이었어. 지금 생각하면 섬뜩하기도 해. 뭐든 앞서서 일했고 지기 싫어했던 내가 그렇게까지 변할 줄은 몰랐어. 단순히 무기력해서, 우울해서 그렇다고 여기기에는 이상했어. 전보다 화를 자주 내서 인간관계도 힘들어졌어. 자꾸 무시당하는 듯, 아무도 내 말을 들어 주지 않는 듯 느껴졌어.

세상과 동떨어져 넓은 들판에 혼자 서 있는 듯한 기분이었지. 그래도 어울리기 위해 이리저리 말을 섞고 사람들에게 다가가기도 했지만, 기분은 늘 제자리였어. 그때는 차라리 혼자 있는 게 좋았어. 혼자 운동하고 혼자 책 읽고 혼자 영화를 봤어. 열심히 일하고 대인관계에도 신경 써야 한다는 것을 알면서도, 그렇게밖에 할 수 없었어.

사회적 분위기도 한몫했어. 코로나19가 창궐해 서로 거리를 둘 수밖에 없었거든. 나는 차라리 잘됐다 싶었어. 자의든 타의든 이렇게 될 수밖에 없다고 여기니 마음이 한결 낫더라고. 하지만 무기력은 계속되었어. 혼자 있을 때에도 불현듯 귀찮음과 분노가 찾아왔어. 쉽게 사라지지도 않았지. 결국 정신과 진료를 받아야 할 지경이 되고 말았어. 나도 내 상태가 심각하다고 느낄 정도였거든.

하지만 정신과에 가지 않았어. 사람들의 시선이 두려웠어. 나를 약한 사람으로 볼까봐 걱정되었지. 그때는 내면의 고통보다 타인에게 보이는 외면을 더 중요하게 여졌던 것 같아. 결국 그렇게 병원에 가지 않고 참았지. 시간이 해결해 줄 문제라 생각하며 무기력도 우울도 분노도 외면했어. '나는 우울하거나 무기력하지 않다'고 생각하며 스스로 위로했어. 그 위로가 착각인 줄도 모르고 말이야.

어느 날 야간 근무를 하는데 사무실로 전화가 걸려 왔어. 함께 일하는 후배가 스스로 목숨을 끊었다는 전화였지. 같은 구조대여서 늘 봐 오던, 함께 일하던 어린 친구였어. 나와 동료들은 충격에 빠졌어. 후배의 가족과 친구, 동료 등 그를 사랑하던 모든 사람이 울고 또 울었어. 도저히 믿기지 않았기에 우는 것 외에는 할 수 있는 것이 없었어. 그 후배는 평소 밝고 쾌활했어. 잦은 현장 출동과 힘든 훈련 등 어려운 여건에서도 묵묵히 자기 일을 잘 수행하는 멋진 녀석이었어. 그런데 도대체 왜 그런 선택을 했는지 지금도 알 수가 없어. 후배를 그렇게 보내고 난 뒤 나의 무기력과 우울은 더 심해졌지. 후배의 유해가 묻힌 곳에 다녀온 후 나는 내 상태를 인정했어.

"거기 정신과 병원이죠? 진료 예약을 하고 싶은데요."

누구에게든 내 마음을 이야기해야겠다고 느꼈지. 병원에 들러서 매우 긴 시간 동안 이런저런 검사를 받았어. 그 후 의사 선생님과 이야기를 나눴어. 눈에 보이는 병도 아니니 처음엔 말하기가 껄끄러웠는데, 잠깐의 시간이 흐른 뒤 나는 그동안 겪은 온갖 감정을 쏟아 내기 시작했어. 의사 선생님은 차분히 내 말을 다 들어 주었어. 공감해 주고 이해해 주었어. 진단을 성급하게 내리지도 않았지. 묵묵히 내 이야기를 들어주었어. 한참을 그렇게 떠들고 나니 마음이 어느 정도 괜찮아지는 것을 느꼈고, 그제야 의사 선생님은 상담 전 검사했던 결과와 내 이야기를 종합해서 나의 증상을 진단하셨어.

"매우 심각한 스트레스와 우울증을 겪고 계세요."

의사 선생님은 담담하게, 그러나 걱정스러운 표정으로 나를 바라보며 말씀하셨어. 하지만 나는 그 진단을 믿을 수가 없었어. 그래서 항변했지. 요즘 조금 무기력하고 화가 난다고, 스트레스가 조금 심할 뿐이라고 말이야. 하지만 진단은 단호했어.

인정하기 싫었어. 앞서 말했지만 두려워서야. 그런데 그것도 잠시, 태어나서 처음으로 속 시원하게 마음을 다 꺼내 보여 준 것 같아 후련한 기분이 들었어. 이야기를 들어 준 의사 선생님도 너무 고마웠어. 결국 나는 진단 결과를 인정했고, 처방받은 약을 한 움큼 받아 들고 병원을 나왔어. 집에 돌아가는 길에 곰곰이 생각해 봤어.

'내가 정말 우울증일까? 나의 무기력은 치료되지 못하는 것일까? 과연 이 스트레스의 시작은 어디일까? 왜 나에게 이런 일이 생기는 걸까?'

오랜 생각 끝에 가장 먼저 한 일은 내 마음을 인정하는 것이었어.

'그래, 우울하든 무기력하든 화가 나든 내 마음을 있는 그대로 내버려 두자.'

솟아오르는 뜻 모를 감정을 억누를 수도 없고, 억누른다 한들 일시적일 뿐이니 지금 내 감정이 어떤지만 바라보고 그대로 인정하는 수밖에 없다고 생각했어. 보이지 않는 마음의 상처는 피부에 난 상처처럼 쉽게 치료할 수도 없잖아? 병원 진료도 받고 약도 받았으니 상처를 건드리지 않고 낫기를 기다리는 편이 좋겠다고 생각했어.

그동안 현장에서 마음에 상처 입은 사람을 많이 봐 왔어. 스스로 세상을 등지려 하는 사람이 많았지. 이미 떠나버린 사람의 모습을 보고 안타까워한 적도 있고, 막 세상을 등지려는 사람을 설득해 살린 적도 있어. 안타까운 선택을 했지만 신속하게 병원으로 이송해서 목숨을 건진 경우도 있지. 그 전까지 내게는 그들의 행동만 중요했어. 그들의 마음이 어땠을까,라는 생각은 좀처럼 해 보지 않았던 것 같아. 내가 마음의 상처로 스스로 병원에 가기 전에는 말이야.

"아니, 뭐가 그렇게 힘들어?"

"너만 힘드니? 나도 힘들어."

"다들 그렇게 사는 거야."

적지 않은 사람이 이런 말을 하곤 해. 우울과 무기력과 마음의 상처를 조심스레 꺼낸 사람에게 말이지. 높은 곳에서 뛰어내리겠다고 아슬아슬하게 서 있는 사람과 딱

한 번 말을 나눈 적이 있었는데, 그냥 자기 이야기를 들어 주길 바란다고 했어. 아무도 자기 말을 들어 주지 않는다고 했어. 이제야 겨우 그 사람의 말을 이해할 수 있을 것 같아. 내가 정신과 의사 선생님에게 내 상황을 말했듯, 혹시나 괴로운 마음을 안고 있다면 자기 이야기를 밖으로 꺼내는 것이 좋아.

아마 타인의 마음을 공감해 주는 것이 쉽지 않아서, 타인의 이야기를 들어 주는 사람이 흔치 않아서 꺼내지 않고 참고 사는 사람이 많은 것 같아. 또 내 마음을 타인에게 털어놓는 것 역시 결코 쉬운 일이 아니야. 들어 주는 것도 말하는 것도 어려운 일이지. 하지만 어려운 일이니 참아야만 하는 걸까? 세상 어디에도 내 말을 들어 줄 사람이 정말 없을까?

다시 일기 이야기를 해 볼게. 일기는 나 자신에게 하는 말이야. 그러니 내 속마음을 다 말할 수 있어. 말을 잘하려고 노력할 필요도 없고 누군가의 이해를 구할 필요도 없어. 그냥 내 이야기를 하면 돼. 말이 아니라 글이라는 점만 달라. 한번 자기 자신에게 말을 걸어 봐. 그 말이 무기력이나 우울을 이겨 내는 열쇠일 수 있어. '나 지금 조금 슬퍼' '나 마음이 아파' 같은 말을 타인에게 말하기 꺼려진다면, 나에게 먼저 말해 보는 거야.

일기를 쓰는 것은 '행동'이야. 손에 펜을 쥐고 글자를 쓰는 그 행동 자체가 무기력이나 우울을 조금은 밀어낼 수 있어. 과격한 운동을 좋아하는 나 역시 글을 쓰는 동안 묘한 희열을 느꼈어. 종이에 사각거리며 써 내려가는 글이 곧 내가 하는 말이라고 생각하면 어느 순간 마음이 차분해지고 미세하게나마 삶의 의욕이 솟아오르기 시작해. 내가 나를 알아 가는 동안 말이야.

때로는 내가 그랬던 것처럼 의사 선생님의 도움을 받는 것도 좋아. 내 이야기를 잘 들어 줄 상담사를 찾아보는 것도 좋아. 가족이나 친구도 좋아. 주변 사람들을 믿고 이야기를 털어놔. 벽을 치고 혼자 있는 것보다는 먼저 다가가 용기를 내 마음을 보여 봐. 세상이 각박하다는 말이 흔한 때지만, 주변 사람 중 누군가는 너를 걱정하고 있어. 그러니 망설이지 않아도 돼.

일기를 쓰는 것도 전문가에게 도움을 받는 것도 망설일 필요가 없어. 그 모든 것은 결국 나 자신을 위한 아주 고귀한 행위거든. 누구보다 내가 먼저 나를 사랑해야 해. 그렇기에 나를 위해 내가 나서야 하는 거야. 물론 앞서 이야기했듯, 마음 깊숙이 숨겼던 이야기를 꺼내는 일은 쉽지 않을 거야. 그렇다고 물러서기만 하면 힘든 감정은 더욱 곪아 갈 거야.

딱 한 발자국 내디딘다고 생각하고 감정을 보따리 풀듯 풀어 보았으면 좋겠어. 누구나 마음이 아플 때가 있어. 세상 누구보다 강하다 생각하던 나도 지독한 무기력과 우울을 겪었잖아?

우울함이 완전히 사라지지 않을 수도 있어. 나의 우울도 여전히 내 마음 어딘가에 작게나마 남아 있어. 하지만 더는 예전처럼 무기력과 우울함이 나를 지배하도록 두지 않을 거야. 지금처럼 글로 내 이야기를 고백하며 매일 마음을 훑어볼 테니까. 앞으로도 쭉 그렇게 나를 다스려 나갈 생각이야.

혹시 지금 이 순간 무력감과 슬픔 때문에 힘들다면 당

장 거울 속을 바라봐. 내가 좋아하고 사랑해야 할 사람은 거울 밖 누군가가 아니야. 거울 속의 사람, 바로 나 자신이야.

그 사람에게 이렇게 말을 걸어 봐.

"많이 힘들지? 내가 도와줄게."

나를 괴롭히는 열등감

소방관은 공무원이자 직장인이야. 국가를 운영하는 정부에 소속되어 있어. 나라에서 일정한 급여가 나오지. 차이는 있지만 대다수의 직장이 직급을 나눠서 조직을 구성해. 직급은 곧 직장 내 상하 관계를 형성하지. 가장 높은 곳에 조직을 대표하는 사람이 있고 그 아래 구성원들은 직급순으로 차례대로 나뉘어. 일종의 피라미드 구조인데, 상위 직급일수록 더 많은 권한과 더 많은 급여, 더 나은 대우를 받아. 물론 수평적 구조를 가진 직장도 많이 있지만 아직까지는 수직적 구조의 직장이 더 많을 거야.

그렇다 보니 대부분의 직장인은 높은 직급에 올라가고

싫어 해. 승진이나 진급을 하고 싶은 마음이 아예 없는 사람은 적을 거야. 최근 엠지(MZ) 세대는 승진이나 진급에 크게 뜻을 두지 않는다고도 하지만, 아직 그런 사람이 다수는 아닌 것 같아. 기왕이면 더 많은 권한과 급여를 받고 싶은 사람이 적지는 않을 거야. 누가 되었든 경력과 능력에 맞게 승진해야 조직 체계가 잘 유지되거든. 그러니 누군가는 승진하게 되어 있어.

하지만 누구나 승진할 수 있는 것은 아니야. 피라미드 구조라고 했잖아? 위로 올라갈수록 자리가 적어져. 그러니 승진할수록 점점 더 경쟁이 치열해지지. 소방관도 마찬가지야. 한 소방서에는 단 한 명의 소방서장이 있어. 서장이 되려면 굉장히 치열한 경쟁을 통과해야 해. 그러니 모든 직장인은 보이지 않는 무수한 경쟁을 하게 돼. 어쩔 수 없는 현실이야. 또 경쟁을 통해 누군가는 앞서가고 누군가는 뒤에 서는 일이 생기지.

이럴 때 나타날 수 있는 감정이 열등감이야. 직장인이라면 크든 작든 열등감을 한 번쯤 느껴 봤을 것 같아. 나도 그랬거든. 뭐든 열심히만 하면 좋은 결과를 얻는다고 생각했는데, 꼭 그렇지만은 않았어. 노력이 부족했는지 성과가 부족했는지 알 수는 없지만, 승진 평가에서 두어 번 떨어졌어. 떨어질 때마다 스스로 못나 보이기도 했고, 나보다 앞서가는 사람에게 질투도 났어. 마치 부당한 처사를 당하는 듯하기도 했지. 다른 사람 누구도 나를 못나게 생각하지 않는데 혼자 열등감에 휩싸여 괴롭기도 해. 그래서 나는 열등감을 '내가 나를 괴롭히는 잘못된 감정'이라 생각해.

열등감은 언제 생기는 걸까? 나보다 외모가 뛰어난 친구를 보았을 때? 나보다 공부 잘하는 친구가 옆에 있을 때? 나보다 부유한 친구가 있을 때? 아니야. 열등감은 스스로 만들어 낼 때 생겨. 잘생기거나 예쁜 친구, 공부를 잘하거나 운동을 잘하는 친구가 주변에 있는 것은 열등감을 불러일으키는 직접적인 원인이 아니야. 스스로 열등감의 기준을 미리 정해 놓고 타인을 바라보는 것이 가장 큰 원인이지.

내가 가진 것은 보지 못하고 타인이 가진 것을 더 크게 바라보는 마음. 그것이 열등감의 시작이야. 인간은 누구나 고귀하고 소중한 존재야. 진부한 말 같아? 아니야. 사고 현장에서 심하게 다친 사람, 심지어는 죽어 가는 사람을 수 없이 봐 온 나는 진부한 말이라고 생각하지 않아. 소방관을 하며 인간은 누구나 하나밖에 없는 귀한 존재라는 사실을 정말 자주 실감했어. 잘생기거나 예쁜 것, 돈이 많거나 공부를 잘하는 것은 저마다 본질적으로 가진 특별함을 결코 앞설 수 없어. 타인의 능력이 아무리 뛰어나도 세상에 단 한 명뿐인 '나'의 특별함은 변함이 없어.

열등감에 빠지지 않으려면 가장 먼저 해야 할 것이 있어. 자신이 굉장히 귀한 사람이라는 걸 깨닫는 일이야. 자신을 아끼는 마음을 가지는 거지. 타인과 나를 비교하기에 앞서 나를 사랑하는 마음을 가진다면 열등감은 생기지 않을 거야. 어떻게 보면 매우 당연한 말이야. 하지만 요즘에는 많은 사람이 나보다 남을 먼저 바라보고, 늘 남과 나를 비교하며 자신의 부족한 점에 주목해. 그러면 심리적으로 위축되어 우울해지고 말 거야. 마음은 지치고 열등감만 점점 더 커지겠지.

매일 휴대전화를 바라보면 더더욱 열등감에 빠지기 쉬

워. 요즘에는 블로그, 페이스북, 인스타그램, 트위터 등 다양한 소셜 네트워크 서비스(Social Network Service, 이하 SNS)를 통해 많은 사람이 자신의 삶을 거침없이 드러내고 있어. SNS 속 사람들은 다들 잘 사는 것 같지 않니? 해외여행을 하며 행복한 미소를 짓고 있는 사진, 멋진 외제차를 모는 사진, 예쁜 펜션이나 호텔에서 유유자적하며 휴식을 즐기는 사진으로 가득해. 거기에 하나같이 예쁘고 잘생긴 얼굴, 군살 없는 멋진 몸매를 뽐내. 그러니 휴대전화 속 타인의 SNS 게시물을 자꾸 보다 보면 모두가 행복하고 부유하게 살고 있다고 느낄 수 있어. 가끔 기분이 좋지 않은 날이면 나만 이렇게 불행하고 고되게 살아가는 것 아닐까 여겨지기도 할 정도니 말이야.

하지만 그렇지 않아. SNS 게시물에 현혹되어서는 안 돼. 많은 돈과 강한 권력을 가진 자들이라 해도 살아가는 모든 시간이 행복할 수는 없어. 누구든 고충과 힘듦이 있기 마련이야. 그러니 SNS 속 타인과 나를 비교해서는 안 돼. 특히 흔들리기 쉬운 청소년 시기에는 더더욱 열등감을 조심해야 해. 흔히 금수저라 불리는 소수의 부유한 사람, 내면이 아닌 허세를 내세우는 사람에게 마음이 흔들리지 않기를 바라.

행복도 부유함도 외모도 가난도 불행함도 영원하지 않아. 그리고 그중 무엇도 단번에 얻을 수 없어. 단계를 거쳐야 하지. 우리의 부모님, 할아버지, 할머니도 청소년기에는 평범하게 학교를 다녔어. 그리고 자신의 꿈에 도전하며 고난을 견뎌 냈지. 청소년기에 모든 것을 이룬 사람은 정말 극소수야. 타인이 어떻든 중요하지 않아. 중요한 것은 자신의 꿈을 향해 주체적으로 천천히 걸어가는 일이야. '나'의 지금과 미래를 얻기 위해서 말이야.

당장 SNS 속 타인이 부러워 무리하게 그 뒤를 따르면 안 돼. 삶을 지탱할 뿌리를 만들 시기에 남이 가진 열매만 쫓아다니면 내 뿌리가 제대로 자리 잡지 못해. 당장 보이는, 자신이 키우지도 않은 열매를 손에 쥐면 잠시 잠깐 행복감에 취할 뿐이야.

내 나무에 있는 게 아닌 타인의 열매 쪽으로 자꾸 유혹하는 것, 그게 열등감이야. 열등감은 성장에 도움이 되지 않아. 남과 나를 끊임없이 비교하며 삶을 어지럽혀. 비교

자체는 나쁘지 않아. 선의의 경쟁은 발전을 가져오거든. 선의의 경쟁을 불붙이는 건 열등감이 아니라 승부욕이야. 승부욕은 지금의 힘듦을 이겨 내 보겠노라는 강한 의지의 발현이야. 승부욕은 목표를 이루기 위한 노력의 동기가 돼. 또 힘든 시간을 이겨 낼 용기를 북돋아 줘. 건강한 승부욕을 따라가며 노력하다 보면 어느 순간 목표를 이룬 자신을 보게 될 거야. 열등감으로 시샘하고 좌절해서는 어떤 목표도 이루지 못해. 승부욕을 발판 삼아 노력했을 때 뭔가를 이룰 수 있는 것이지.

그렇다면 어떻게 열등감을 이겨 낼 수 있을까? 내 경험에 빗대어 이야기할게. 나는 100미터 달리기를 잘 못해. 운동을 못하는 것이 아닌데도 말이야. 체육대 입시까지 준비한 내가 100미터 달리기를 잘 못한다니 이상하게 들릴 거야. 아주 못하지는 않아. 다만 함께 입시를 준비했던 입시생들과 비교하면 뛰어나지 않은 편이었지.

나는 100미터 달리기를 잘하는 사람에게 굉장한 열등감을 느꼈어. 뛰어나지 않은 달리기 실력은 고등학생인 내게 심각한 콤플렉스였어. 더 잘 뛰고 싶었는데 가끔은 체육대 입시생이 아닌 친구보다 못 뛰었거든. 그렇다 보니 열심히 연습해도 될까 말까 한 달리기를 아예 등한시하게 되었지. 체육대 입시생이 아니었다면 열등감을 느끼지 않았을 거야. 그러면 달리기를 못하는 것이 당연한 것일 수 있으니까.

고등학교를 졸업할 때까지 달리기 실력은 늘지 않았어. 입학 실기시험 종목 중 100미터 달리기 기록만 좋지 못해 대학 진학에 실패하기까지 했지. 최악의 결과였지만 어찌 보면 당연한 결과였어. 친구들의 100미터 달리기 기록만 보며 열등감에 휩싸여 연습을 하는 둥 마는 둥 자포자기했으니까 말이야. 어떻게든 되겠지, 하는 안일한 생각이 머릿속을 가득 채웠거든. 승부욕을 발동시켜 노력해도 모자랄 판에 열등감에 사로잡혀 연습 자체를 하지 않았던 거야.

그 시절 후회하는 것이 또 하나 있어. 내 친구들은 내가 100미터 달리기를 잘하도록 정말 많이 도우려 했어. 그런데도 나는 친구들을 피했어. 못하는 모습을 보여 주기 싫었던 거야. 자격지심의 끝이었지. 지금 생각해 보면 얼마나 어리석은 모습이었는지 몰라. 그 시절의 나를 다시 만나면 모질게 한마디 해 주고 싶어.

"이 멍청한 자식아! 정신 차려! 그만 열등감 따위는 개나 줘 버려!"

그때로 다시 돌아간다면 열등감을 승부욕으로 바꿀 거야. 비록 실력이 늘지 않는다 하더라도 이를 악물고 노력해 볼 거야. 나보다 잘하는 친구를 시기하고 질투하는 대신 깔끔하게 내 실력을 인정한 뒤 기록을 단 0.1초라도 당기기 위해 도전할 거야. 훗날 힘든 특수부대 훈련을 받으며 깨달은 것이 있었거든. 열등감은 주위의 잘난 사람 때문에 생기는 것이 아니라 내가 나를 몰라서 만들어지는 감정이라는 것을 말이야.

하나같이 강하고 독한 남자들이 모인 거친 특수부대 교육생 시절, 나는 스스로 체력도 정신력도 고만고만하다고 여겼어. 그래서 처음에는 6개월의 모진 교육을 수료해 특수부대 유디티 대원이 될 거라고 생각하지 못했어. 교육대에 들어간 첫날 나보다 거칠고 강하고 멋진 동기들을 보고 주눅 들기도 했으니까 말이야. 다들 근육이 우락부락했고, 유디티 교육에 필수인 수영도 미리 배워서 들어온 사람이 많았어. 반면에 나는 수영을 배운 적도 없었어. 그냥 어릴 적 동네 냇가에서 퐁당거리며 노는 수준이었거든. 어찌 보면 참 안일했지. 무슨 용기로 특수부대에 들어가 지옥 같은 훈련을 감당할 생각을 했을까?

교육생이 되어서야 한 질문이야. 준비가 덜 됐다는 생각에 무섭기도 하고 불안하기도 했지. 하지만 그만두고 싶지는 않았어. 그냥 속 편하게 인정했어. 버티자. 내 실력을 인정하고 닥치는 대로 가 보자. 이왕 이렇게 된 거 하는 데까지 해 보자. 그렇게 마음먹고 훈련에 임했지.

그렇게 하루하루 훈련을 견뎌 나가는데, 이상한 일이 벌어졌어. 매우 준비가 잘된 동기들이 하나둘 퇴교하는 거야. 훈련을 스스로 포기하는 사람이 줄줄이 나오기 시작했어. 아침마다 퇴교를 원하는 교육생 몇이 손을 들었어. 그렇게 많은 사람이 짐을 싸서 집으로 갔지. 조금 의아했어. 체력도 좋고 실력도 갖추어진 사람들인데 왜 그만두는 걸까? 나는 저 사람들보다 분명 잘하지 못하는데 그만두고 싶다는 생각은 들지 않았거든.

그때 어렴풋이 깨달은 것이 바로 승부욕이야. 내가 나를 인정하고 나보다 잘난 사람을 의식하지 않고 오로지 6개월을 견뎌 보자는 생각이 마음을 지배하고 있었던 거야. 옆에서 누가 잘하든 못하든 나랑 관계없다고 여겼어. 팀 훈련을 제외한 달리기, 수영, 체력 단련 심지어 교관의 모진 얼차려까지 내가 견딜 수 있는 만큼 견뎌 보자는 마음뿐이었어.

나는 그렇게 끝까지 훈련을 마쳤어. 만약 내가 대학 입시를 준비하던 고등학생 때처럼 열등감에 젖었다면 결코 유디티 대원이 될 수 없었을 거야. 그 경험은 소방관이 되기 위한 시험을 준비할 때도 많은 도움이 되었어. 노량진에 가서 수많은 수험생을 보고 주눅 들었지만, 그들이 아닌 내가 처한 현실만 직시하며 하루하루를 버텼지. 그랬기에 소방관 시험에 합격할 수 있었던 것 아닐까 생각해.

열등감 자체를 아예 무시할 필요는 없어. 그 감정도 어쩌면 내면의 목소리거든. 열등감이 들 때면 있는 그대로의 나를 인정하자. 남은 보지 말자. 그러면 열등감이 스멀

스멀 기어 올라와 나의 정신과 육체를 지배해 버리는 일은 없을 거야. 내가 가진 것, 내가 해야 할 일, 내 앞에 놓인 현실을 바라보며 작은 성과를 조금씩 이뤄 보길 바라. 힘들겠지. 하지만 견뎌 보는 거야. 단단한 흙을 뚫고 아래로 더 아래로 내려가야 뿌리를 굳건히 내릴 수 있다고 생각하면 좋겠어.

작은 성과를 이뤄 내다 보면 눈에 보이지 않는 작은 변화가 매일 생길 거야. 다른 나무의 열매를 보고 흔들리지 말고, 너만의 열매를 맺기 위해 천천히 자라나자. 유디티 46기 82번 교육생이던 시절 수영을 너무 못해 포기하려고 할 때 나를 가르쳐 준 교관님의 말이 기억나.

"어이, 82번! 100미터 수영하는 동기들 쳐다보지 마. 넌 오늘 10미터 가기 위해서만 노력해, 알겠어?"

마음속 불길을 진압하자!

스무 살이 되던 해 할머니가 돌아가셨어. 굉장히 좋은 분이었지. 모두 합해 손주가 열다섯 명 남짓 되었는데, 내 착각인지 몰라도 할머니는 나를 가장 아꼈던 것 같아. 그런 생각이 들 만큼 나를 예뻐해 주었어. 그런 할머니가 돌아가셔서 너무 슬펐어. 스무 살의 나는 어른 티를 내려고 평소에 거들먹거리며 다녔는데, 할머니 죽음 앞에서는 어린아이처럼 펑펑 울었어. 할머니는 장수했어. 아흔 살 중반까지 살았고, 병치레도 없이 잠자다 돌아가셨어. 흔히 말하는 호상(好喪)이었지.

요즘처럼 전문 장례식장이 아닌, 큰집에서 장례를 치

렀는데 많은 사람이 왔어. 며칠 동안 장례식을 지켜보았는데, 조금은 신기했어. 분명 할머니의 죽음은 슬픈 일이었는데, 장례식장의 분위기는 그리 슬프지만은 않았어. 때로는 조문객 사이에서 웃음소리도 흘러나왔어. 스무 살 남짓 살면서 가장 가까운 사람의 죽음을 처음 겪었는데, 죽음이라는 것이 그렇게 슬프기만 한 것은 아니구나 생각될 정도였어.

장례식을 마치고, 가장 슬퍼한 사람 중 한 명인 아버지에게 물었어.

"아버지, 왜 조문 온 사람들이 마구 울거나 슬퍼하지 않나요?"

"할머니가 오랫동안 건강하게 사시다가 돌아가셔서 그래."

"그럼 사람이 죽었다는 것이 슬픈 것만은 아닌가요?"

"죽음 자체는 슬프지만 떠나보낼 줄도 알아야 하거든. 이별을 받아들일 줄도 알아야 해."

이별이라는 말에 할머니가 보고 싶어져서 슬퍼졌지만, 떠나보낼 줄도 알아야 한다는 말에는 고개를 끄덕였어.

그러자 아버지가 이렇게 덧붙였어. 할머니는 아흔 살 넘게 사셨기 때문에 죽음을 맞이할 준비를 하고 있었다고, 자식들도 떠나보낼 준비를 하고 있었다고 말이야.

그로부터 정확히 10년 후 소방관이 되고 나서, 할머니의 죽음과는 다른 수많은 죽음을 보게 돼. 매일같이 이어지는 많은 출동 속에서 다치거나 죽는 사람을 수없이 보았지. 모두 처음 보는 사람이었어. 처음에는 충격이었어. 끔찍한 교통사고 현장에서 온몸이 찢긴 채 쓰러져 죽어 있는 사람, 공장 기계에 끼어 팔다리가 잘린 채 신음하다가 죽어 간 사람, 물에 빠져 죽은 지 오래되어 얼굴이 심하게 부패되어 가족조차 알아볼 수 없는 사람을 눈앞에서 보았거든. 다른 사람은 살면서 타인의 죽음을 몇 번이나 볼까? 그런 생각을 할 때마다 내 직업이 참 쉽지만은 않은 직업이라는 걸 뼈저리게 느껴.

할머니의 죽음과 사고 현장에서 본 죽음은 어떻게 다를까? 다가올 운명을 받아들이며 이별을 준비하다 맞는 죽음과 어느 날 불현듯 찾아온 사고로 맞는 안타까운 죽음에는 큰 차이가 있어. 이별을 준비할 수 있느냐 없느냐의 차이지. 당연히 모든 죽음은 슬퍼. 죽은 이를 다시는 볼 수 없기 때문이야. 죽음을 이별에 비유하는 것도 이 때문이지. 누군가와 이별한 적이 있어? 인사를 하며 맞는 이별보다 급작스럽게 맞은 이별이 더 슬플 것 같지 않아?

아침에 인사를 나누며 집을 나선 가족이 오후에 사고로 싸늘한 주검이 되어 돌아왔다고 생각해 봐. 인사 나눌 시간도 없이 이별이라니, 얼마나 슬플지 가늠하기조차 힘들어. 나는 전학을 갈 때도 헤어지는 게 슬퍼서 친구들과 부둥켜안고 울었는데, 죽음은 전학과 비교할 수조차 없는 일이잖아. 사고로 가족이나 지인을 잃는 죽음은 슬픔을 넘어 충격일 거야. 소방관은 그렇게 갑작스럽고 충격적인 죽음을 자주 목격해.

특히 사고 현장에서 사람을 구하거나 처치하는 구조대원이나 구급대원이 자주 목격해. 막내 구조대원 시절, 현장에서 본 누군가의 죽음에 처음에는 적지 않은 충격을 받았어. 하지만 시간이 흐르면서 조금은 무덤덤해진 듯 현장을 바라보기도 해. 나와 일면식 없는 사람이라서일 수도 있지만, 정확히는 내가 감정에 휩쓸리지 않고 불을 끄거나 구조해야 하기 때문일 거야. 소방관으로서 할 일을 해야 하니까 말이야.

많은 죽음의 형태 중 내가 가장 감정을 다스리기 힘든 죽음은 바로 '자살'이야. 예기치 않은 사고로 맞는 죽음보다 스스로 선택한 죽음이 더 비극적이었어. 구조대원이 조금만 일찍 도착했더라면 살릴 수 있었던, 안타까운 죽

실종자를 찾기까지 며칠, 몇 달이 걸리기도 한다.

음도 많았지. 스스로 목숨을 끊는 모습을 눈앞에서 보기도 했는데, 여전히 그 장면이 머릿속에서 떠나지 않아.

예전에 근무했던 수상 구조대에서는 주로 강물에 몸을 던지는 사람을 많이 봤어. 여느 자살 사건과 다른 점이 있었는데, 바로 가족의 슬픔이 더 선명히 느껴졌다는 점이야. 가족 중 한 사람이 어느 날 갑자기 세상을 떠나면 남겨진 가족은 미친 듯이 슬플 거야. 한번은 소방관을 상대로 하는 심리 상담을 받은 적이 있는데(소방관은 정기적으로 심리 상담을 해) 가족 중 한 사람이 자살하면 남아 있는 가족은 어마어마한 교통사고를 당한 것보다 더 큰 아픔을 가지고 평생을 살아간다고 해. 그 말을 듣고 나니 자살 사망자 가족의 슬픔을 감히 가늠하지 못하겠더라.

수상 구조대에서 본, 자살 사망자 유가족의 슬픔은 너무 마음이 아팠어. 넓고 깊은 강물에 빠진 사람은 찾기가 굉장히 어려워. 한번은 이십대 초반의 대학생이 강에 몸을 던져 자살했는데, 찾는 데 한 달이 넘게 걸렸어. 매일 빠졌을 만한 곳을 수색했지만 도저히 찾을 수 없었어. 세차게 흐르는 강물 때문에, 또 어두운 물속과 수많은 장애물 때문에 수색이 어려웠지. 우리가 몸을 던진 대학생을 찾기 위해 강으로 수색을 나갈 때마다 학생의 어머니는 늘 강가에 왔어. 우리를 보고 고개를 숙이며 뭐라고 말을 했지. 잘 들리지 않아서, 무슨 말인가 싶어 가까이 다가가면 더 이상 눈물도 말라 나오지 않는 슬픈 얼굴로 이렇게 말했어.

"제발, 내 딸의 죽은 몸이라도 찾아 주세요."

나는 솟아오르는 눈물을 참을 수가 없었어. 겨울 기운이 다 가시지도 않은 3월 초, 애지중지 키운 고운 딸이 차디찬 물속에 잠겨 있다면 부모의 마음이 얼마나 아플까? 하나밖에 없는 딸을 키우는 아빠로서 참지 못할 만큼 슬펐어. 세상 누구보다 소중한 자식이 스스로 목숨을 끊은 것도 괴로운데 딸의 몸이 없어 장례도 치르지 못하는 엄마의 마음은 어땠을까. 결국 학생의 시신을 약 1달 만에 찾았는데, 몸이 너무 많이 부패해서 차마 바라볼 수 없을 정도였어. 그 모습을 보는 가족이 어떤 감정을 느낄지 예상조차 되지 않았지.

비슷한 사건은 정말 많아. 한번은 갓 스무 살이 넘은 남자를 강에서 수색하고 있었어. 그런데 한 중년의 남자가 강둑에 홀로 서서 우리가 수색하는 모습을 하염없이 바라보고 있더라고. 나는 함께 출동한 동료에게 물었어.

"누구죠?"

"죽은 남자의 아버지라고 하네. 소방서에서 마련한 대기 장소에 오시라니까 우리가 수색하는 데 혹시나 부담을 가질까 봐 멀리서 그냥 지켜만 보시겠대."

머리가 하얗게 센 그는 멀찌감치 서서 슬픈 눈으로 우리를 바라봤어. 다행이라면 다행일까, 아들의 시신은 하

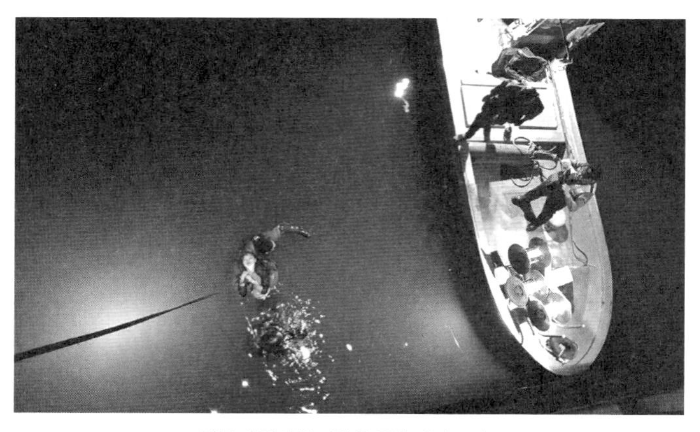

강물에 뛰어든 사람을 구할 때의 모습.

루 만에 발견되어 비교적 온전한 모습으로 아버지에게 돌아갈 수 있었어. 말을 나눠 보지는 못했지만, 아버지는 아들을 잃었다는 슬픔보다 아들의 죽음을 막지 못했다는 죄책감을 더 크게 가지며 살아갈 듯해.

스스로 세상을 떠난 이들과 그 가족들의 마음을 다 알 수는 없지만, 나도 비슷한 일을 겪었어. 앞서 이야기했지만 불과 1년여 전 아끼던 후배가 스스로 목숨을 끊었어. 지금도 그날의 충격과 슬픔이 여전히 기억 속에 남아 있어. 야간 근무를 하고 아침에 환하게 웃으며 퇴근했던 후배는 그날 밤 싸늘한 주검이 되어 있었어. 현장에서 서로를 지켜 주던, 말하자면 서로의 목숨까지 나눠 가졌던 소방관 후배가 세상을 떠난 충격은 이루 말할 수 없었어.

나는 여전히 죽은 후배가 왜 그런 선택을 했는지 알 수 없어. 살아 있을 때 후배의 죽음을 막지 못했다고 자책할 뿐이지. 조금이라도 더 이야기를 나누지 못한, 무엇이 힘든지 한 번이라도 물어보지 못한 내가 원망스러워. 그저 좋은 곳에서 편히 쉬기만을 바라는 마음이지만 불현듯 생각날 때마다 후배를 지키지 못했다는 자책과 괴로움이 찾아와. 정신과 치료도 받고 운동도 하고 글도 쓰면서 다스려 보지만, 떠나 버린 후배에 미안한 마음은 사라지지 않더라고. 아마 평생 가슴속 깊이 남을 것 같아.

우리 모두에게 힘든 세상이고 어려운 삶이야. 나 역시 그래. 어쩌다 가끔 '다 버리고 다 잊은 채 내가 사라져 버린다면, 모든 것이 깔끔하게 지워지겠지'라는 생각도 해 봐. 누군가를 미워해서도 아니고 일이 힘들어서도 아니야. 이유도 없이 나 자신이 초라해 보이거나 미래가 보이지 않는다고 여겨질 때면 어디론가 훌쩍 떠나 버리고 싶은 마음이 자꾸 생겨. 때로는 이런 내 마음을 누가 좀 알아 줬으면, 누군가에게 속 시원히 말해 봤으면 싶은데, 그러다가 이내 혼자 속으로 삭이고 말아.

어쩌면 삶을 스스로 포기하는 사람들의 마음이 이랬을까, 생각해 보기도 해. 하지만 대부분은 그저 사소하게 떠오르는 불안한 감정 정도로 여기며 지나쳐 버리지. 하지만 왠지 작더라도 내가 느낀 감정이 괴로움이라면 그냥 지나쳐서는 안 될 것 같아. 그것이 어느 날에는 삶 전체를 포기할 만큼 크게 느껴질 수도 있으니까 말이야. 삶을 포기할 정도의 아픔은 대단히 크거나 힘든 사건에서 오는 것이 아닐 때가 많아. 사소하게 느끼던 괴로움이 쉽게 떨쳐 버릴 수 없을 만큼 커졌을 때가 많지.

“뭐, 그런 것 가지고 고민을 하니? 네가 아직 어려서 그래. 그냥 참고 견뎌 봐.”

이렇게 쉽게 충고할 만한 일이 결코 아니야. 타인이 보기에 가벼워 보이는 문제라도 그것을 껴안고 있는 사람은 죽을 만큼 힘들 수도 있어. 그러니 지금 느끼는 힘들고 어려운 감정을 혼자 누르고 누르다 더 크게 만들지 않았으면 좋겠어. 형형색색의 풍선을 어느 정도 크기로 불면 예쁘고 동그랗게 되어 보기 좋지만, 자꾸 공기를 불어넣게 되면 결국 터지잖아. 감정도 비슷한 것 같아. 슬픈 감정이 마구 일어나 자신이 초라하게 느껴지거나 세상이 모두 미워 보인다면 잠시 모든 것을 멈춰 봤으면 해. 멈춰서 좋지 않은 감정을 빼내야 해. 풍선이 터지지 않도록 말이야.

만약 위험한 감정이 자꾸 든다면 앞서 말했듯, 자신에게 말을 걸어 보자. 사소한 감정이라도 반드시 누구에게

든 털어놓자. 죽은 딸의 몸을 찾기 위해 매일 강둑에 나와 기도하는 어머니처럼, 분명 내 주위에는 나를 아끼고 소중하게 여기는 사람이 있어. 어느 날 왜 살아야 하느냐는 의문이 든다면, '그냥 한번 살아 볼까?'라는 질문으로 바꿔 보기를 권할게. 덧붙여 내가 사라져 슬퍼할 가족, 친구 그리고 나를 아는 많은 사람이 있다는 사실을 되새기면 좋겠어.

죽음이라는 극단적 선택을 하려는 용기를, 마음을 털어놓고 시원하게 울어 버리는 용기로 바꾸는 것이 좋아. 지금 심각하게 여겨지는 문제는 삶에 스쳐 가는 작은 바람일지도 몰라. 지나고 나면 웃어넘길 사소한 장애물일 거야. 누구나 살면서 비바람이 몰아치는 어두운 들판에 서 있을 때가 있어. 하지만 비와 바람은 언젠가 반드시 그쳐. 다시 해가 뜨고 들판에 따뜻한 볕이 쏟아지는 날이 온다는 것을 꼭 기억해.

분명히 말할게.

모든 것이 괜찮을 거야.

모든 것이 잘될 거야.

4장

호스 좀 같이 잡아 줄래?

도움을 주는 일과 받는 일

내게는 소중한 딸아이가 한 명 있어. 외동이지. 나는 소방관이 된 지 1년 만에 오래 만나 온 연인과 결혼했어. 그리고 결혼 1년 만에 딸을 낳았지. 딸이 태어나던 날, 나는 분만실에 있었어. 엄마 배 속에서 막 나온 아이를 품에 안았지. 굉장히 신기하고 가슴 벅찬 순간이었어. 그렇게 태어난 작은 아이가 이제 중학교 1학년이 되었어. 얼굴에 여드름이 나고 사춘기가 왔는지, 투정도 많이 부리며 점차 어른이 되어 가고 있어.

자라며 아빠인 나와 점점 멀어지는 듯한 느낌도 있지만, 여전히 나에게 딸은 아기 같아. 눈에 넣어도 아프지 않을 딸은 아직도 너무나 사랑스러워. 딸에게 감동받을 때도 많은데, 딸이 아빠인 나를 자랑스러워할 때 특히 많이 감동받아.

딸이 초등학생 때 아빠가 소방관이라는 게 꽤 자랑스러웠나 봐. 그래서 나는 어떤 점이 자랑스럽냐고 물었어. 딸은 아빠가 자신을 희생해서 다른 누군가를 돕는다는 것이 가장 뿌듯하다고 답했어. 소방관인 내게는 매우 당연한 거였는데, 아이가 보기에는 평범하지 않은 일이었나 봐. 다른 사람을 돕는 일 자체가 직업인 경우가 그리 많지는 않으니까, 아빠가 소방관인 게 내심 자랑스러웠던 모양이야.

누군가를 돕는 것, 도움을 받는 것은 쉬운 듯하면서도 어려운 일이야. 내 부모님은 어렸을 때 초등학교 앞에서 작은 가게를 했어. 덕분에 나는 크게 부족함 없는 어린 시절을 보냈어. 내가 유년기를 보냈던 1980년대의 시골 마을은 풍족하지는 않았지만, 그럭저럭 살 만한 곳이었어. 아버지가 운영했던 구멍가게는 인근 몇 개 마을을 통틀어서 하나밖에 없는 가게였어. 초등학교 앞에서 장사를 했으니 학용품도 팔았고 먹을거리, 생활용품까지 이것저것 없는 게 없었어. 지금으로 보자면 동네 마트쯤 될까? 어쨌든 그런 가게를 하는 부모님 덕에 나는 과자며 아이스크림 같은, 친구들이 자주 사 먹지 못하는 군것질거리를 입에 달고 살았어. 친구들이 나를 많이 부러워했던 기억이 나.

가끔은 친구 몇몇을 집으로 데리고 가 함께 과자를 나눠 먹으며 놀았어. 그중에는 가정 형편이 어려운 친구가 꽤 있었어. 특히 부모님 없이 할머니와 함께 사는 C라는 친구가 있었는데 나이가 나보다 두어 살 더 많았어. 어려운 형편 때문에 학교에 늦게 입학한 거야.

그러던 어느 날, 초등학교 2학년 때로 기억해. 엄마가 나에게 말했어.

"C를 잘 챙겨 줘라. 가끔 집에 데려와서 같이 놀고 밥도 먹고 그래."

의아했어. 엄마가 갑자기 왜 C 이야기를 꺼내는지 알 수 없었어. 엄마 말이 아니더라도 C랑은 그럭저럭 친하게 지냈는데 말이야. 아무튼 하루는 C를 포함한 친구 몇

명과 우리 집으로 와서 함께 놀았어. 가게에 있는 과자랑 아이스크림을 친구들에게 줬고, 아버지가 사 준 장난감을 가지고 놀기도 하고, 엄마가 사 준 책도 같이 보았지. 그때 엄마는 C를 무척 챙기셨어. 엄마는 집으로 돌아가는 친구들에게 초콜릿 같은 것을 이것저것 챙겨 주었는데, C에게 조금 더 많이 주었어.

친구들이 모두 돌아가고 엄마에게 물었어.

"엄마, 왜 C에게 잘해 주세요? C가 나보다 더 좋아요?"

엄마는 나의 생뚱맞은 물음에 웃으면서 답했어.

"돕는 거야, 그냥. 어려운 친구, 어려운 이웃을 돕는 것은 당연한 거야. 누군가를 돕는 행동에 이유는 없어. 너도 그렇게 살아야 해."

그때 나는 태어나서 처음으로 누군가를 돕는다는 말에 관해 생각했어. 막연히 엄마가 C를 불쌍히 여긴다고 생각했는데 그게 아니었어. 엄마는 남을 불쌍히 여긴 것이 아니었어. 도움을 당연한 것이라 생각하고 행한 거지. 그때 나는 어렸지만, 돕는 데 특별한 이유가 있지 않다는 말에서 엄마의 마음을 조금 알 수 있었어.

초등학교를 졸업하고 내가 C와는 다른 중학교로 진학하는 바람에 다시 보지 못했지만, 다른 친구의 말에 따르면 C는 훌륭한 어른이 되었고, 한 가정의 가장이 되었다고 해. 지방 대도시에서 자영업을 하며 아주 잘 살아가고 있다고 말이야.

어려운 사람을 돕는 일은 인지상정(人之常情)이야. 인지상정은 "인간이라면 그래야 한다"는 뜻이야. 특별한 무언가도 아니고 대단히 자랑할 만한 행동도 아니라는 뜻이지. C를 측은히 여긴 엄마의 마음은 대단하지만, 그 마음은 거창한 인류애나 남다른 이타적 감정에서 나온 것이 아니야. 세상을 살아가는 사람 누구라도 가지는 보편적인 마음이지.

나 역시 많은 사람에게 도움을 받았어. 초등학교 졸업 후 인근 작은 도시로 이사 가게 되면서 그 도시에서 가장 큰, 전교생이 1000명이 넘는 남자 중학교에 입학했어. 한 반에 약 50명씩 일곱 개 반이 있었는데, 한 반에 겨우 20명 남짓이던 시골 초등학교를 졸업한 나는 주눅이 들 수밖에 없었어.

반을 배정받고 들어선 교실에는 같은 반 친구들이 빼곡히 들어차 있었는데, 같은 초등학교를 졸업한 친구끼리 삼삼오오 어울려 놀거나 수다를 떨고 있었어. 나는 아는 친구 하나 없이 맨 앞자리(왜 나를 맨 앞자리에 앉혔는지 아직도 모르겠어)에 앉아 그냥 멀뚱멀뚱 수업만 기다리고 있었지. 그때 키 작고 눈 큰 아이 한 명이 내게 다가왔어.

"재미있는 거 보여 줄까?"

그러면서 난데없이 책상 위에 있는 내 볼펜을 책상 가장자리에서 바깥으로 반쯤 나오게 놓고 왼손으로 고정시키더니 오른손 날로 강하게 내리쳐 볼펜을 부러뜨리는 거야. 순식간에 일어난 일이라 어안이 벙벙할 수밖에 없었어. 그 아이는 히죽거리며 아무 일 없었다는 듯 유유히 사라졌어. 그 아이는 왜 그런 행동을 했을까? 아마 일종의 기선 제압이었던 것 같아. 무리에 있는 친구들이 혼자 앉아 있는 나를 테스트하려고 그 아이를 보냈을 것 같기도 해.

어쨌든 나는 특별히 신경 쓰지 않으려고 했어. 이사 오기 전 구멍가게를 했으니 볼펜 같은 학용품은 집에 많이 있었고, 기분은 나빴지만 그런 일로 싸우고 싶지 않았어. 싸움이 두렵지는 않았어. 단지 별일 아니라고 생각했던 거야. 그렇게 수업을 듣고 난 후 또 다른 덩치 큰 친구가 나에게 다가왔어.

"아까 그 녀석 혼내 줄까?"

"아니. 괜찮아."

무뚝뚝한 표정으로 내게 말을 건 그 아이는 내가 꽤 안돼 보였나 봐. 그래서 말을 걸었던 것 같아. 그날 오후 수업을 마치고 담임선생님께서 나를 보며 너는 키가 작지 않은데 왜 맨 앞에 앉았냐며 자리를 옮겨 주었어. 우연히도 그 덩치 큰 친구 옆자리였어. 그렇게 우리 둘은 짝꿍이 되었어.

"아까 왜 그 아이를 혼내 줄까, 하고 물었어?"

옆자리에 앉자마자 궁금해서 먼저 말을 걸어 봤어.

"도우려고. 네가 혹시 저 아이들에게 해코지를 당할까 봐. 아까 그 녀석 무리가 같은 초등학교에서 온 애들인데 질이 안 좋거든."

짝꿍이 된 아이는 어깨를 으쓱거리며 다시 말했어.

"그냥 네가 착해 보이니까 도우려고 그런 거야. 앞으로도 힘든 것 있으면 말해."

왠지 기분이 좋았고 든든했어. 그 아이의 이름은 희철이야. 지금까지 둘도 없는 친구로 지내고 있어. 나는 그때 희철이가 나를 도우려는 마음도 기뻤지만, 중학교에 와서 처음으로 친구가 생겼다는 사실에 더 기뻤어. 희철이는 진심으로 나를 도우려 했대. 친해지고 나서 나는 네 도움이 없어도 괜찮았을 거라고 말했지만, 처음 본 친구를 도우려 했던 희철이의 마음은 지금까지도 매우 고맙게 생각하고 있어.

엄마가 내 친구 C에게 보인 마음이나 희철이가 나를 도우려던 마음은 크게 다르지 않을 거야. 누군가를 돕는 행동은 대가를 바라서 하는 것이 아니야. 만약 남을 도울 때 나에게 돌아올 보상을 생각한다면 도움의 의미가 퇴색해 버리고 말아. 도움을 받은 사람도 마냥 받기만 하려는 마음을 가져서는 안 돼. 언젠가 자신도 누군가에게 도움을 주겠다는 마음을 가져야 하지. 그렇게 많은 사람이 도움을 주고받아. 도움의 선순환이지.

자수성가한 사람 대부분은 힘들 때 자신을 도와준 사람을 반드시 기억하고 있다고 해. 당연히 도움을 준 사람에게 보답하려는 마음도 있겠지만, 자신도 누군가를 도와줘야겠다고 여기며 살아가기 때문일 거야. 그렇게 행동하기에 힘든 역경을 이겨 내고 꿈을 이룬 것 아닐까?

소방관 역시 대가를 바라고 타인을 돕지 않아. 소방관이라고 다른 사람보다 봉사 정신이 더 투철하거나 인류애가 넘쳐나지는 않아. 사람이라면 누구나 가지고 있는 기본적인 마음을 갖고 있을 뿐이지. 남을 돕고자 하는 마음이 조금, 아주 조금 더 클 순 있겠지만 말이야.

매일같이 도움을 기다리는 사람을 마주치다 보면 지치지 않느냐고? 그렇지 않아. 나도 동료도 타인을 돕는 이 일을 사랑하거든.

당연히 소방관이 아니어도 남을 도울 수 있어. 가끔 뉴스를 보면 의인이라고 불리는 사람이 등장해. 식당에서 밥을 먹다가 기도가 막혀 쓰러진 사람을 도와준 식당 주

가끔은 물에 빠진 강아지를 돕기도 한다.

인, 종이 박스를 가득 실은 어르신의 리어카를 뒤에서 밀어 주는 학생, 식당에서 술 취해 행패를 부리는 손님을 막는 청년, 인간 사슬을 만들어 물에 빠진 사람을 건져 낸

피서객 등등……. 모두 대가를 바라지 않고, 선한 마음으로 움직인 사람들이야. 이들 모두 특별한 능력을 가진 사람이 아니라 어디서나 볼 수 있는 우리의 이웃이야.

물론 앞서 이야기했듯 큰 위험까지 무릅쓰며 도울 필요는 없어. 가까운 소방서에 신고만 빨리 해 줘도 충분히 도움을 줄 수 있어. 굳이 이런 상황이 아니어도 우리는 이 세상을 함께 살아가는 모든 것에 크고 작은 도움을 줄 수 있어. 멀리 아프리카에서 기아에 허덕이는 어린아이에게 구호 성금을 낼 수도 있고, 길거리에 유기된 동물을 입양해 키우는 것도 세상에 도움을 베푸는 일이야.

주변을 돌아봐. 학교나 인간관계 문제로 고민하는 친구가 있다면 그 친구와 이야기를 나눠 봐. 그 친구에게는 큰 도움이 될 거야. 내가 중학교 때 희철이라는 친구에게 받았던 감정이 그런 거였거든. 다시 한번 말하지만 도움이라는 것은 주고받을 때 더 아름다워져. 만일 네가 누군가에게 도움받았다면 도움을 준 사람에게 직접 보답하는 것도 좋지만, 다른 누군가를 도와주는 것도 좋을 거야. 선행을 이어 간다는 것은 정말 귀중한 일이거든.

그러니 힘들 때면 망설이지 말고 도움을 요청해. 마음이 무겁고 삶이 지칠 때면 반드시 손을 내밀어 마음의 짐을 나눴으면 해. 손을 내미는 것은 용기 있는 일이야. 부끄러운 일이 전혀 아니야. "백지장도 맞들면 낫다"라는 속담을 굳이 말하지 않더라도 어려움은 누군가와 공유할 때 쉽게 사라지거든.

아무리 뛰어난 소방관도 혼자 현장에 들어서지 않아. 무조건 동료와 함께 출동하지. 혼자서 해낼 수 있는 일도 있겠지만, 다른 이와 함께하면 할 수 있는 일이 더 많아져. 동료는 어디든 있어. 화재 현장에서 엄청난 수압을 뿜는 호스를 혼자 들고 있을 때, 달려와 호스를 나눠 들어주는 내 동료처럼 말이야. 그렇게 마음을 주고받으며 살아가다 보면 너 역시 누군가의 어려움을 같이 잡고 무게를 나누는, 그런 사람이 되어 있을 거야.

좋은 친구는 어떤 친구일까?

40여 년 전, 경상도의 한 시골 마을에서 남자아이 두 명이 같은 해에 태어났어. 수십 미터밖에 떨어지지 않은 가까운 거리에서 몇 달 차이를 두고 세상에 나왔지. 한 아이의 집은 누나가 네 명이었어. 그 아이는 늦둥이였지. 이목구비가 또렷해 잘생긴 아기는 누나들의 사랑을 독차지하며 자랐어. 다른 아이는 한 살 위 형을 둔 둘째 아들로 태어났어. 까무잡잡한 피부에 장난기 많은 눈을 가졌지. 그 아이 역시 형의 귀여움을 받으며 컸어. 두 아이의 부모는 동네 이웃이었고 서로 친했어. 만나서 함께 아이들을 돌보기도 했지.

그렇게 두 아이는 걷기도 전부터 서로를 알았어. 물론 아기 때니까, 명확히 기억하진 못하겠지만 말이야. 둘은 아장아장 걷고 옹알옹알 말할 때부터 함께 놀았어. 자라면서 둘은 서로의 존재를 차츰차츰 알아 갔어. 유치원에 가면서는 서로를 친구로 인식했지. 매일 붙어 다니며 산과 들, 냇가와 동네 구석구석을 휘저었어. 한두 살 터울의 형이나 동생과도 허물없이 잘 지냈고, 둘 다 얼마나 활발한지 하루 종일 뛰어놀아도 지치지 않았지.

초등학교에 들어가서는 둘도 없는 사이가 되었어. 학년이 바뀔 때마다 반장과 부반장을 서로 번갈아 하며 친구들 사이에서 늘 앞장섰어. 운동도 잘했어. 축구나 야구를 할 때면 늘 팀을 통솔할 정도로 실력도 좋았지. 학교에서도 동네에서도 둘은 늘 붙어 다녔어.

그러던 어느 날이었어.

"술래가 먼저 움직이면 어떡해?"

"무슨 소리야? 분명히 열까지 다 세고 나온 거야!"

해 질 무렵 초등학교 운동장 귀퉁이에서 둘은 큰 소리

로 다투고 있었어. 숨바꼭질하다가 술래인 친구가 숫자를 다 세지 않고 움직였다며 다른 친구가 이의를 제기했고, 결국 둘은 목소리가 점점 커졌어. 함께 놀던 다른 친구들은 눈을 크게 뜨고 둘의 말다툼을 지켜봤어. 말다툼에 점점 욕설이 섞이기 시작했고, 급기야 서로 멱살을 잡는 지경에 이르렀어.

"죽어 볼래?"

"어디 한번 쳐 봐!"

둘의 싸움은 결국 주먹다짐으로 이어졌어. 둘은 금세 흙바닥을 뒹굴며 뒤엉켰어. 다른 친구들은 지켜볼 수밖에 없었어. 둘의 싸우는 기세가 너무 거셌기 때문이야. 두 친구는 엎치락뒤치락 서로를 당기고 밀치며 주먹을 내질렀어. 손은 작았지만 있는 힘껏 주먹을 휘둘렀기에 서로 얼굴을 때릴 때마다 둔탁한 소리가 났어. 둘도 없이 친했던 사이라고는 믿기지 않을 만큼 격렬했어. 싸움은 한참 동안 이어졌고 둘은 지쳐 갔어.

"그만두지 못해!"

결국 누군가가 고함을 지르고 나서야 싸움이 멈췄어.

고함을 지른 사람은 학교 앞 구멍가게 아주머니였어. 그 아주머니는 싸우는 두 아이 중 한 아이의 엄마기도 했지. 아주머니는 크게 호통치며 두 아이를 떼어 놓았어. 씩씩거리며 겨우 떨어진 두 아이는 여전히 분이 풀리지 않는지 서로를 노려보았어.

아주머니는 두 아이를 데리고 구멍가게로 갔어. 가게 안, 마룻바닥에 둘을 앉히고 전후 사정을 들었어. 두 아이 모두 자신에게는 잘못이 없다고 항변했지. 아주머니는 두 아이의 이야기를 모두 들었어. 한참 동안 이야기를 듣고 나서 둘을 빤히 바라보며 말했어.

"이제 너희 말을 다 들었으니 나도 말해 볼게. 둘 다 내 질문에 대답해 줬으면 해."

두 아이는 너무도 차분한 아주머니의 목소리에 화를 가라앉혔어. 그리고 아주머니의 다음 말을 기다렸어.

"자, 그럼 대답해 봐. 둘 다 서로를 다시는 보지 않고 지낼 수 있겠어? 이렇게 싸웠으니 앞으로 친구로 지내지 않을 자신 있겠어?"

두 아이는 아무 말도 못 하고 멀뚱멀뚱 눈만 껌벅였어.

조금 전까지 주먹질까지 해 대며 싸우던 두 친구는 어느새 순한 양처럼 조용히 숨만 쉬며 앉아 있었지. 그러다 한 친구가 먼저 말했어.

"아니요. 전 계속 친구 할래요."

"나도 계속 친구 할래."

둘은 멋쩍게 서로를 바라보며 사과를 주고받았고, 언제 그랬냐는 듯 다시 운동장으로 나가서 뛰어놀았어.

두 아이 중 한 아이가 바로 나야. 또 다른 아이는 내 둘도 없는 친구야. 그 친구는 지금 대구의 한 고등학교에서 체육 선생님으로 일하고 있어. 우리는 그날 이후 단 한 번도 싸운 적이 없어. 서로를 소중히 여기며 지금껏 잘 지내고 있지. 내가 중학교 때 다른 곳으로 이사를 가서 헤어지게 되었는데 그 친구가 나를 붙잡고 엉엉 울었던 기억이 아직도 생생해. 물론 나도 함께 울었어. 한동네에서 태어나 함께 유년 시절을 보낸 친구와의 추억은 무엇과도 바꿀 수 없을 만큼 소중해.

지금은 둘 다 아빠가 되었어. 한 집안의 가장인 마흔 중

반의 아저씨가 되었지. 하지만 나와 친구는 아직도 어릴 적 함께 뛰어놀던 때처럼 서로를 둘도 없는 친구로 여겨. 세상을 살아가다 보면 누구에게나 한 번쯤 시련이 찾아오잖아? 나는 늘 그때마다 이 친구에게 어려움을 털어놓으며 위로를 받아. 물론 친구도 마찬가지로 내게 고민을 털어놔.

살아온 세월이 마냥 좋았던 것만은 아니야. 중학교를 각자 다른 학교에서 보낸 후 고등학교 때 다시 만났어. 다시 친구를 만나자 매우 반가웠지. 반가움이 오래가지는 않았어. 학창 시절 내 주변에는 많은 친구가 있었어. 나는 또래 남자아이끼리 우르르 몰려다니며 으스대는 것이 좋았지. 그래서인지 어릴 적 함께 자란 친구의 존재감은 그 당시 내게 그리 크지 않았어. 이런 친구든 저런 친구든 모두 소중하다고 생각할 때거든. 그때만 해도 오랜 친구의 소중함을 잘 알지 못했어. 싸운 것도 아니고 섭섭한 것도 없이, 아주 가깝다는 생각도 없이 지냈지.

그렇게 고등학교 3학년이 되었어. 그 친구와 나, 두 사람 모두 체육대학 진학을 꿈꿨기 때문에 매일 같은 무리에 섞여 함께 입시 준비를 했어. 시간이 지나 친구는 입시에 합격해 대학교에 진학했고, 나는 재수생이 되었어. 나는 패배감과 절망감 그리고 괜한 분노에 휩싸였어. 대학에 진학하지 못해 생긴 자격지심이었지.

나는 재수한다고 했지만 말뿐이었어. 거의 매일 술을 마시며 신세 한탄을 했지. 그러던 어느 날 그 친구를 만났어. 하릴없이 친구들과 술을 마시고 길거리를 걷던 나를 그 친구가 먼저 알아본 거야. 내 이름을 부르며 다가오는 친구를 보자 나도 모르게 뒷걸음질 쳤어. 술에 취해 비틀거리는 모습이 부끄럽기도 했고, 번듯한 대학생이 된 친구를 마주하기 싫기도 했어. 하지만 그 친구는 나를 반기며 내 손을 덥석 잡았어.

그리고 놀라운 일이 일어났어. 잠시 서로의 안부를 나누던 중 친구가 눈물을 흘리는 거야. 친구는 어느새 격하게 울기 시작했어. 친구 울음소리에 나도 그만 함께 울고 말았어. 그 울음은 기억 저편에서 터져 나온 울음이었어. 중학교 시절 내가 전학 갈 때 우리 둘이 터뜨렸던 울음 같았지. 나는 친구를 와락 껴안고 펑펑 울었어. 알 수 없는 설움이 복받쳐 올랐고, 그런 내 마음을 알아주는 친구는 이 친구밖에 없다는 생각이 들었어. 그 순간 많은 감정이 교차했는데, 특히 어릴 적부터 함께 자라며 보낸 그 친구와의 추억이 주마등처럼 지나갔어.

그거였어. 추억! 추억이 나와 내 친구를 다시 절친했던 그때로 순식간에 돌려놓은 거야. 나는 그 자리에서 친구에게 다짐했어. 다시 열심히 준비해서 꼭 체대에 진학하겠다고 말이야. 친구는 그런 나를 진심으로 응원해 주었어. 나는 그날 이후로 함께 술 마시며 놀던 친구들과 더는 만나지 않았어. 물론 그 친구들도 소중했지만, 내 목표를 이루기 위해서는 당분간 만나지 않아야 했지.

다시 공부와 운동을 시작했어. 마음을 다잡고 힘을 냈지. 하지만 다음 입시에서도 목표했던 대학 진학에 실패했어. 많이 절망했어. 속상한 마음이 두 배로 밀려왔는데, 그때 나를 위로해 준 친구 역시 어린 시절을 함께 보냈던 그 친구였어. 이미 알고 있겠지만 입시에 실패한 나는 특수부대에 들어가 직업군인의 길을 걸어. 그 친구도 그즈음 군대에 입대했지.

훗날 내가 6년의 군 생활을 마치고 그 친구를 찾아갔을 때, 친구는 중등 교사 임용 고시를 준비하고 있었어. 잠시 시간을 내어 함께 저녁을 먹으며 이야기를 나누었는데, 친구는 이미 서너 번 낙방한 뒤라 꽤 힘들어했어. 이번엔 내가 친구를 진심으로 위로하며 격려했지. 몇 년 전 내가 그 친구에게 위로받았듯 말이야.

그 후 오래 지나지 않아 친구는 선생님이 되었고, 나는 소방관이 되었어. 친구는 선생님이 된 지 얼마 지나지 않아 결혼을 했어. 나도 비슷한 시기에 결혼을 했지. 공교롭게도 친구의 첫 아이가 태어나고 일주일 뒤 내 아이가 태어났어. 마치 오래전 친구와 내가 몇 달을 사이에 두고 태어난 것처럼 말이야. 벌써 중학생이 된 우리 아이들은 나와 친구가 그랬듯 갓 태어난 아기 때부터 서로를 마주 보며 자랐어. 묘한 인연이지 않아?

이렇게 보면 좋은 친구라는 게 따로 있을까 싶어. 추억을 함께 만들고 그 추억을 다시 꺼낼 수 있는 사람이 바로 좋은 친구가 아닐까 생각해. 아무리 좋은 친구라도 서로의 모든 것을 알거나 도와주지는 못할 거야. 하지만 힘들 때나 기쁠 때 잠시나마 함께한 추억은 죽을 때까지 나눌 수 있어. 나와 내 친구도 그랬던 것 같아. 서로 다른 길을 걸으며 누구는 목표를 이루고 누구는 실패하는 와중에도 끈끈함을 유지할 수 있었던 이유는 같은 추억을 공유했기 때문일 거야.

힘든 일을 도와주고 걱정을 나누고 기쁜 일에 누구보다도 더 기뻐해 주는 건, 함께 나눈 추억이 마음속 어딘가에 자리 잡고 있기 때문이라고 생각해. 지금 생각해 보면 그게 그리 대수였을까 싶은 일도, 그 시절을 함께했던 친구와 다시 이야기해 보면 밤새 이야기 나눌 만큼 소중한 추억이 되어 있거든.

사실 사회생활을 하며 친구라는 단어를 붙일 만큼 친밀한 관계를 만나기는 쉽지 않았어. 아마 추억이라는 것을 깊게 공유하지 못해서가 아닐까 해. 그러니 좋은 친구와의 추억을 귀하게 여겨야 해. 추억이 있기에 아무리 시간이 지나도 친구 사이가 변하지 않는 거야. 누군가 그랬어. 돈이 없을 때 돈을 빌려주는 친구가 되지 말고 함께 돈을 구할 수 있는 친구가 되라고.

어려움을 해결해 주는 친구도 좋지만, 어려움을 이해하고 위로해 주는 친구 역시 정말 소중해. 힘들 때 걱정해준 그 친구가 없었다면 나는 소방관이 될 수 없었을지도 몰라. 그 친구는 내게 해결책을 주는 대신 어려움을 공감해 주었어. 함께 힘들어해 주었지. 그 덕에 내가 다시 시작할 수 있었어. 그때의 일은 지금 우리 둘만의 소중한 추억이 되었지. 친구와 나는 그 추억을 발판 삼아 험한 세상을 헤쳐 나가고 있어.

서로 다르기에 손을 맞잡을 수 있어

나는 지금 부산 소방학교에서 일하고 있어. 소방관을 교육하는 곳이야. 많은 교육생이 이곳을 거쳐 가지. 열정과 패기를 가지고 입교한 새내기부터 화재, 구조, 구급 관련 다양한 현장을 거친 소방관까지 모여 여러 가지 교육을 받아. 새내기 소방관이야 그렇다 치더라도 경험 많은 소방관도 교육받아야 하느냐고? 그럼 당연하지. 자세히 설명해 줄게.

소방관이 일하는 현장에는 살펴야 할 것도 많고 주의해야 할 것도 많아. 매우 복잡하지. 또 예측할 수 없을 만큼 다양한 사고가 일어나. 그렇기에 상황에 대응할 수 있는 더 좋은 기술이나 이론이 있다면 새롭게 받아들여야 해. 많은 소방관이 자신의 직무 전문성을 기르려고 소방학교에 와. 교육받기 위해서지.

소방학교에서 근무하는 소방관도 동료에게 조금이라도 더 많은 정보를 전달하려고 노력해. 정보를 효과적으로 전달하기 위해 전문 교육 프로그램을 만들기도 하고. 소방학교에서 일하는 소방관 역시 다시 현장에 돌아가 일할 사람이야. 나 역시 그래. 나는 막내 구조대원이었던 시절에 소방학교에서 3년 동안 교관을 했어. 그 후 현장에서 10여 년 동안 일하다 2022년에 다시 소방학교에 교수로 들어왔어. 내 전문 분야인 구조 분야를 가르치고 있지. 동료에게 무언가를 가르치고 전달하는 일은 내게 매우 값진 일이야.

하지만 부담되는 것도 사실이야. 동료들이 현장에서 조금이라도 도움이 될 만한 것을 가르쳐야 한다는 사명감이 있기에 내가 아는 지식이나 기술에 관해 끊임없이 고민해. 특히 현장에서 다양한 경험을 한 동료 소방관에게 무언가를 알려 주려면 누구보다 더 찾아보고 익혀야

소방학교에서는 다양한 교육을 실시하고 있다.

해. 그래서 나와 함께 소방학교에서 일하는 동료 교수님들은 정말이지 눈코 뜰 새 없이 바쁘게 일해. 몸과 마음이 피곤하고 힘들지만, 현장에서 일하는 동료들에게 조금이라도 도움이 될 정보를 전달할 수 있다는 자부심으로 즐겁게 일하고 있어.

부산은 우리나라 제1의 해양 도시잖아? 그래서 부산 소방학교는 해상 재난 관련 교육을 다양하게 하고 있어.

물에서 일어나는 사고에 대비하는 교육은 내 전문이야. 그래서 내가 담당하고 있지. 그중에서도 '해난구조구급 과정'이라는 교육 프로그램이 있는데 바다, 특히 해안가 암반(테트라포드, 해안 절벽 등)에서 누군가 추락하거나 고립되어 있는 상황에 대비하는 방법을 교육해. 사실 이 교육 프로그램은 전국에서도 매우 거칠고 위험하기로 유명해. 거세게 몰아치는 파도를 뚫고 수영하고, 헬리콥터에서 뛰어내려 해안 절벽으로 접근하는 등 고도의 기술과 강인한 체력이 필요한 교육이지. 나는 2011년에 미국의 재난 전문가에게 이 교육을 받았어. 배우는 과정은 힘들었지만, 구조대원에게 꼭 필요한 교육이었지. 지금은 내가 매년 동료 구조대원들에게 가르치고 있어.

이 교육을 진행하면서 강조하는 것이 있어. 바로 팀워크(Teamwork)야. 많이 들어봤을 거야. 아무리 뛰어난 구조대원이라도 혼자서 모든 것을 다 할 수는 없어. 할 수 있는 상황이라 하더라도 혼자서는 매우 위험해. 2차 사고의 부담을 안고 하는 거니까 말이야. 그래서 무조건 팀을 이루어 현장에 대비해야 해. 몇 번이나 말했지만 그래서 소방관에게 동료라는 존재는 절대적이야. 소방관이 위험에 빠졌을 때 구해 줄 사람은 동료 소방관뿐이야.

그런데 위험을 무릅쓰고 현장에 함께 뛰어들 동료와 팀워크가 나쁘다면 어떻게 될까? 당연히 위험이 더 커지겠지. 사람을 구하는 과정에서 불협화음이 일어날 수도 있어. 그렇기 때문에 소방관 사이 팀워크가 나빠서는 안 돼. 나는 결코 용납해서는 안 되는 일이라고 생각해. 그게 바로 내가 교육생에게 팀워크를 강조하는 이유야.

물론 해난구조구급과정 교육에서 개인의 수영 능력은 매우 중요해. 수영으로 시작해서 수영으로 끝난다고 해도 과언이 아니야. 바다에서 실시하는 교육이니까 당연한 일이야. 물속에서 누군가를 구해야 하는 동시에 자신의 안전도 지켜야 하니 어찌 수영이 중요하지 않겠어. 하지만 교육생의 수영 수준이 모두 같을 수는 없잖아? 전국에서 모인 교육생의 수영 실력은 천차만별이야.

수영 실력이 매우 뛰어나고 체력도 강한 교육생이 있는 반면 상대적으로 약한 교육생도 있었지. 나 역시 실력이 같을 리 없다는 것쯤은 교육을 시작하기 전부터 예상했어. 그렇기에 개인의 수영 실력을 팀워크로 극복할 방법을 고안했지. 그래서 교육 첫날, 수영 테스트 후 교육생 전체의 수영 기록을 모두 공개하고, 상위 네 명의 교육생이 각자 팀을 자율적으로 편성하도록 했어. 네 개의 팀을 편성하기 전에 나는 모든 교육생에게 알렸어.

"3주간의 교육 동안 팀끼리 경쟁해서 우수한 팀은 혜택을 받을 것이고, 뒤처지는 팀은 불이익을 받을 것이다."

물론 이 말은 일종의 속임수야. 팀이 만들어지고 그들이 경쟁을 통해 성장하길 바라는 마음에서 만든 함정이지. 아니나 다를까 네 명의 상위 실력자는 자신의 팀을 신중히 만들었고, 그날부터 교육은 내가 공언한 대로 진행됐어.

나는 결코 혼자서는 할 수 없는 다양한 임무를 부여했어. 예를 들어 헬리콥터가 추락해서 5미터 깊이 물속에 가라앉은 상황을 가정해 훈련했지. 헬리콥터 동체 안에 구조를 기다리는 사람이 있고, 동체 바깥 어딘가에는 또 다른 구조 대상자가 물속 바닥에 있으며, 또 다른 구조 대상자는 피를 흘리며 물 위에 떠 있는 상황이었어. 팀별로 어떻게든 세 명의 구조 대상자를 육상으로 안전하게 구해서 나오라고 지시하면서 구조 방법은 팀 동료끼리 상의해서 정하라고 했지.

팀원 각자의 임무를 부여하는 것 역시 팀 자체적으로 정하도록 했어. 총 네 개의 팀이 자기 팀만의 방식으로 훈련을 진행했어. 놀라운 것은 네 개 팀 모두 완벽한 팀워크를 발휘하며 신속하고 안전하게 구조했다는 거야. 팀마다 다른 방식으로 구조했는데도 말이야. 팀원의 능력에 맞는 임무를 부여하고, 한 명 또는 두 명으로 나눠 접근하는 등 팀마다 독창적인 방식으로 문제를 해결했어. 나는 내가 원했던, 팀워크가 완벽하게 구현되는 모습을 보고 흥분을 감추지 못했어.

모든 교육이 끝나고 교육생들에게 말했지.

"훌륭해! 너희가 정말 자랑스럽다."

힘든 교육을 완벽히 수행한 교육생 모두 만족한 표정을 지었어. 팀 간의 우열 따위는 이미 중요한 것이 아니었지. 동료들이 합심해 계획한 대로 완벽히 임무를 수행했다는 점이 몇 배는 더 값졌어. 서로 다른 지역, 다른 소방서, 다른 임무를 하던 교육생들이 단 며칠 만에 한 몸이 된 듯 움직였다는 점 말이야!

개인의 능력보다 팀의 단합이 더 중요하다는 것을 다시 한번 깨닫는 순간이었지. 그렇다면 팀워크가 이뤄지기 위해서는 무엇이 가장 중요한 걸까? 내 생각에 가장 먼저 해야 할 일은 서로 다름을 인정하는 거야. 인간은 누구나 개성이 있어. 성격도 살아온 환경도 모두 다르지. 그렇기에 사람은 다 달라. 같을 수가 없어. 그 사실을 인정하고 인지해야 해.

학교든 회사든 우리가 살아가는 이 사회에는 나와 다른 사람으로 가득해. 모든 사람은 자기만의 생각을 가진, 소중한 존재야. 내가 인정받고 싶고 내 생각을 알아 주길 바라는 만큼 다른 사람의 개성도 존중해야 해. 다른 사람의 생각을 받아들이거나 따르기만 하라는 말이 아니야. 이해하고 양보해야 할 때가 있다는 뜻이야.

다름을 인정하는 첫 번째 방법은 한발 물러서서 타인을 객관적으로 바라보는 거야. 만약 친구의 생각과 내 생각이 다르다면 친구의 생각을 부정하기보다 나와 친구의 차이점을 찾아보는 것이 좋아. 세상은 톱니바퀴 같아. 움푹 들어간 곳과 뾰족하게 튀어나온 곳이 맞물려 돌아가. 팀워크도 마찬가지야. 내 생각이 받아들여지길 바란다면 다른 사람의 생각도 받아들일 줄 알아야 해. 각자의 장점과 단점이 합쳐지면 뛰어난 결과를 만들 수 있지. 타인의 생각을 받아들이는 것. 그것이 팀워크의 시작이자 끝이야.

만약 해난구조구급 교육생 중 누군가 자신이 가진 능력을 과신하고 그것이 정답인 양 우기며 행동했다면 모두가 만족하는 결과는 나오지 않았을 거야. 혼자서 어떻게 물속과 물 밖에 의식 없이 쓰러져 있는 사람 세 명을 다 구할 수 있겠어. 누가 잘하고 못하고가 중요한 것이 아니야. 그 일을 해낼 수 있느냐 없느냐가 중요한 거야. 내 생각과 다른 사람의 생각, 내 능력과 다른 사람의 능력이 적절히 섞일 때 우리는 목표했던 곳에 더 빨리 그리고 효과적으로 다다를 수 있어.

하지만 많은 사람이 서로 다름을 인정하지 않아서 문제를 일으켜. 종교가 다르다고 정치적 신념이 다르다고 나와 다른 조직에 있다고, 서로 경멸하고 멸시하고 조롱

하며 결코 상대방을 인정하지 않으려 들지. 이런 것을 양극화라고 해. 슬픈 일이지.

세상은 혼자서 살아갈 수 없어. 인간은 끊임없이 타인과 만나고 헤어지고 일하고 엮이면서 살아가. 서로에게 영향을 주며 살아가지. 서로 같은 점보다 다른 점이 더 많기도 하고, 그 다름에 당황하기도 하지. 하지만 서로 다르다고 섞이지 못할 이유는 전혀 없어. 나는 여행을 좋아하는데 여행의 가장 큰 즐거움은 낯섦이야. 낯섦은 곧 다름이지. 처음 가 본 곳의 환경과 사람들에게서 낯섦을 발견하는 일은 나를 행복하게 해.

무슨 말이냐고? 다르다는 것은 불편하거나 나쁜 것이 아니야. 오히려 내가 알지 못하는 또 다른 무언가를 알게 된다는 점에서 유익하지. 예를 들어 내 고향 경상도에서는 콩국수에 소금을 넣어 먹는데 전라도에서는 설탕을 넣어 먹어. 콩국수에 설탕을 넣어 먹는 것을 처음 봤을 때는 살짝 당황했지만, 설탕을 넣은 콩국수도 맛있다는 것을 알았을 때는 한없이 행복했지.

언어가 다른 외국으로 가면 더 그렇겠지? 내가 살아온

곳과 전혀 다른 곳에서 그들만의 문화를 겪어 보는 일은 어쩌면 나를 더 잘 알아 가는 과정일지도 몰라. 낯선 곳에서 있으면 내가 더 잘 보여. 나를 더 자세히 보며 살아온 과거와 앞으로 살아갈 미래를 깊이 생각해 볼 수도 있어.

그래서 나는 여행을, 다름을 알아 가는 시간이라고 생각해. 많은 사람이 매일 반복되는 삶을 살아가기에 같은 시간, 같은 공간, 같은 사람에 익숙해지잖아? 가끔 다른 곳에 내 몸을 던져 보면 그곳의 낯섦에 적응하는 나를 발견하게 돼. 인간은 그렇게 다른 것들과 부대낄 때 크게 성장하는 것 같아. 그러니 다름을 두려워하거나 배척하지 말았으면 해.

다름은 곧 '앎'이야. 지금 이 책을 읽으며 내가 전하는 생각이나 경험을 알아 가는 것도 곧 다름을 받아들이는 것과 같아.

세상에 절대적인 것은 없어. 시선을 넓게 가지고 나와 다른 문화, 나와 다른 사람의 성격 등을 잘 받아들여 자신의 것으로 만들어 갔으면 해. 그것이 세상을 살아가는 지혜 아닐까?

나는 내 일에 큰 자부심을 가지고 있어. 타인의 생명과 재산을 위험에서 지키는 이 일을 굉장히 값지게 생각해. 동료들도 나와 생각이 같을 거야. 힘이 들고 때로는 커다란 위험에 직면하기도 하고 부상과 죽음의 두려움을 견뎌 내기도 하지만, 그렇다 해도 이 일을 그만둘 생각은 없어. 쉽지 않은 길이지만 소방관은 다른 어떤 직업보다 소명 의식이 뚜렷한 직업이야. 구조대원에게는 사람을 구해야 한다는 소명이 있지. 그 뚜렷한 소명이 바로 소방관의 매력이라고 생각해.

거기에 매력을 하나 더 추가하고 싶어. 바로 수많은 인연을 만난다는 거야. "옷깃만 스쳐도 인연"이라는 말이 있듯 우리는 살면서 많은 사람과 인연을 맺지. 어떤 인연도 가볍지 않아. 같은 반이었던 친구의 얼굴은 여전히 또렷이 떠오르지 않니? 친구와의 인연이 그만큼 소중하기 때문이 아닐까 하는 생각이 들어. 직접 만나지 않은 사람과도 소중한 인연을 맺을 수 있어. 내가 쓴 책을 누군가가 읽고 감화받았다면 직접 대면하지 않더라도 나와 세상 무엇보다 소중한 인연을 맺은 것과 같아.

얼마 전 부산의 임랑 해수욕장을 걷고 있었어. 주말이라 가족과 함께 외식하고 근처 카페로 자리를 옮기는 중이었지. 그런데 내 쪽으로 걸어오던 덩치 큰 젊은 남자가 나를 힐끗힐끗 보는 거야. 선글라스를 쓰고 있어서 눈빛이 보이지는 않았지만, 분명 고개를 돌리며 내 얼굴을 몇 번이고 바라봤어. 가까워지자 그 젊은 남자가 내게 말을 걸었어.

"혹시 김강윤 작가님 아니세요?"

나는 당황했어. 생전 처음 보는 사람이 내 이름을 아는 것이 우선 신기했고, 또 나를 작가님이라고 호칭하는 것도 무척이나 당황스러웠지.

걷던 걸음을 멈추고 그 남자에게 대답했어.

"김강윤은 맞는데, 작가라기보다 소방관입니다."

책 두어 권 냈다고 작가 소리를 듣기도 민망했고, 내 직업이라고 뚜렷이 말할 수 있는 건 당연히 소방관이기 때문에 그렇게 답했어. 그러자 남자는 나를 보며 활짝 웃어 보였어. 그러면서 자신은 소방관이 되기 위해 소방관 시험을 준비하는 사람인데 내 책을 읽고 굉장히 큰 동기를 부여받았다고 말했어. 그는 자신이 해군해난구조대(SSU)를 전역했다고 덧붙였어. 그 순간 너무 반가워서 이런저런 질문을 하며 짧게 이야기를 나누었는데, 꼭 준비를 잘해서 시험에 합격하기를 바라며 기회가 된다면 같이 근무하자고 했어.

그렇게 짧은 인사를 뒤로하고 가족과 카페에 들어갔어. 카페에 앉아 잠시 생각해 보았어. 내가 쓴 글을 누군가가 읽고 영향을 받았다면…… 이거 보통 인연이 아니구나, 생각이 드는 거야. 거기에 내가 몸담았던 해군 후배가, 지금 내가 일하고 있는 조직에 들어오기 위해 준비를 하고 있다니. 새삼 인연이라는 것을 깊이 생각해 봤어.

어쩌면 우연이라 느낄 만도 해. 이런 일 저런 일 무수히 겪고, 이런 사람 저런 사람 무수히 만나는 것이 인생이니 말이야. 냉정히 생각한다면 작고 짧은 만남 모두를 인연이라는 테두리 안에 넣을 수 없을지도 몰라. 하지만 아무리 짧은 만남이라 하더라도 관점에 따라 귀중한 인연이 될 수도 있어. 나는 그렇게 생각해. 삶에 영향을 끼친 사람이나 함께 많은 시간을 보낸 사람이 아니더라도, 짧은 순간이라도 나에게 생각할 만한 여지를 남긴 사람이라면 귀중한 인연이라고 말이야.

사람은 누구나 다른 사람과 영향을 주고받아. 방금 소개했던 일화처럼 내가 쓴 글이 다른 사람에게 좋은 동기를 부여했다면 그 또한 영향을 주고받은 것이지. 책을 쓴 사람과 책을 읽은 사람의 인연이 이어졌다고 볼 수 있어. 여기서 생각해 볼 것은 좋은 인연과 나쁜 인연이야.

좋은 인연과 나쁜 인연은 어떻게 받아들이느냐에 따라

달라져. 그러니 자신의 관점에서 해석해 봐야 해. 내가 영향을 주고받은 사람과 관계가 어떻게 이어지느냐에 따라 좋은 인연인지 나쁜 인연인지 판단할 수 있어. 하지만 단순히 좋거나 나쁘다는 이분법적 판단을 내리기보다 긍정적 해석이나 판단을 염두에 두는 것이 좋아.

예를 들어 피아노를 배우기 위해 학원에 다니다가 사정이 생겨서 오래 다니지 못했다고 생각해 보자. 피아노 연주 실력을 많이 늘리지 못했으니 목적을 달성하지 못했지만, 피아노를 가르쳐 주던 선생님이 좋은 사람이었다면, 그분과 짧지만 좋은 추억을 쌓았다면 어떨까?

피아노 연주 실력 향상이라는 목적을 달성하지 못했으니 나쁜 인연일까? 좋은 사람을 만나 추억을 쌓았으니 좋은 인연일까? 어디까지나 해석의 차이고 각자의 판단이 중요하겠지만, 인연을 대할 때는 가급적 긍정적으로 생각하기를 권할게. 좋은 사람을 만나 추억도 쌓고 나중에라도 피아노를 다시 배울 수 있는 여지도 남겼다고 말이야. 그런 자세로 사람을 대하면 나를 스쳐 간 모든 인연이 귀중하게 다가올 거야.

로프 훈련 중 찍은 사진.
우리에게는 이렇게 다양한 인연의 끈이 있는지 모른다.

소방관이 사고 현장에서 만나는 사람도 소중한 인연이 될 수 있어. 사실 위험에서 구출한 사람이 무사히 살아서 다시 일상에 복귀한다면 소방관에게 그것만큼 귀한 인연도 없어. 물론 구하지 못해 크게 다친 사람 역시 한 치도 소홀히 할 수 없는 인연이지. 우리 소방관들은 단 하나의 인연도 놓치지 않고 그들이 또 다른 인연을 만날 수 있도록 사력을 다해.

사실 영화처럼 큰 사고 현장에서 만난 인연보다 소소하고 작은 사고 현장에서 만난 인연이 더 많아. 누군가의 손가락에 낀 반지를 빼 주고, 승강기에 갇힌 사람을 꺼내 주고, 차 트렁크 안에 갇혀 울고 있는 새끼 고양이를 구해 줄 때 우리에게 고마워하는 시민을 보면 내가 일할 수 있음에 감사하고 도움을 청한 인연에 또 감사해. 내가 구해 준 사람이 건강한 모습으로 사무실에 찾아와 감사하다고 인사할 때도 있는데, 그럴 때는 저절로 웃음이 나와. 큰 보람도 느끼고 말이야.

물론 반대일 때도 있어. 힘겹게 사람을 구했는데 내가 구한 사람이 결국 세상을 떠나 버린다면 온몸에 힘이 빠질 만큼 허무하고 안타까워. 현장에 달려온 가족이 죽은 남편이나 부인, 자식을 껴안고 우는 모습을 보면 같이 따라 울지 않을 수 없어. 나는 이런 인연을 슬픈 인연이라고 불러. 무엇보다 안타까운 것은 내가 구한 사람이 사랑하는 가족이나 친구와 더 이상 인연을 지속하지 못한다는 거야. 가족이 세상을 떠나는 일은 인생을 함께하는 사람과 연이 끊어지는 극단적인 일이지.

그래서 나는 소방관의 일이 중요하다고 생각해. 여러 사람의 인연이 계속 이어지도록 하는 것이 소방관의 일이니까 말이야. 누군가 세상을 떠나면 그동안 맺은 연과 앞으로 맺을 연이 모두 끊어지고 말잖아. 나는 그 인연이 끊어지지 않도록 매일같이 출동하고 있어.

그만큼 사람과의 연은 소중해. 크고 작은 인연 모두에 감사했으면 해. '악연'이라고 표현되는 좋지 못한 인연도 있지만, 인생 전체를 봤을 때 그런 인연은 극소수에 불과해. 오히려 좋은 인연이 더 많지. 좋은 인연이 나쁜 인연을 막아 주기도 해. 그러니 많은 사람과 인연을 맺는 일을 긍정적으로 바라보면 좋겠어.

"운명은 내가 만들어 가는 것이다"라는 말 들어 봤니? 길가에 핀 이름 모를 작은 꽃을 보는 순간조차 내게 다가온 작고 소중한 운명이라고, 인연이라고 여길 줄 아는 마음을 갖길 바랄게. 그러면 많은 순간에 소중함을 느낄 거야. 세상에는 자신에게 이득을 주는 사람만을, 아니면 내가 통제하거나 지배하는 사람만을 소중히 여기는 사람이 있어. 그렇게 대가만을 바라고 사람을 대한다면 좋은 관계가 지속되지 못할 가능성이 커. 또 주고받는 것에만 시선을 둔다면 삶이 각박해지기도 하지. 당장의 이득만을 위하기보다 먼저 베풀고 선한 마음으로 다가간다면 머지않아 주변이 좋은 사람으로 가득할 거야.

당장의 이익만을 바라는 것도, 먼 곳만 보며 언제 올지 모를 행운만 기다리는 것도 추천하지 않아. 그보다 지금 내 곁에 있는 인연에 온 마음을 다하는 것이 어떨까? 어떤 사람과의 만남도 귀하다는 것, 얻는 것보다 나누는 것이 더 값지다는 걸 알 때 삶은 더 가치 있게 변할 거야.

에필로그

비가 억수같이 쏟아지는 날에 이 책의 마지막 글을 남깁니다. 글을 쓰러 방에 들어오는데 거실 티브이에서 수해 지역에서 일어난 사고 뉴스가 연신 나옵니다. 사라진 사람을 찾기 위해 나섰던 젊은 해병대원의 순직도 보도됩니다. 죽은 해병대원의 아버지가 소방관이었다는 말을 언뜻 듣고 참으로 모질고 아픈 그리고 깊은 슬픔을 느꼈습니다. 소방관의 삶을 살고부터 거대한 자연의 울음 앞에 한낱 깃털만큼도 안 되는 인간의 나약함을 매순간 느꼈습니다. 이 일을 하며 보았던 무수한 사고가 모두 그러했습니다. 때론 낭만으로 보이고, 때론 지나가는 자연의 현상쯤으로 바라보던 하늘의 비가 온 나라를 들썩이게 하는 한숨으로 변할 줄 어떻게 알았겠습니까?

그나마 소방이라는 조직 속에서 일하며 어렴풋이 깨달은 것이 있습니다. 그것은 숨 쉬고 걷고 자고 먹는 일상의 귀중함을 알지 못한다면 언제고 찾아올 내 삶의 마지막에 그저 무릎 꿇고 절망할 수밖에 없다는 것을요. 그렇기에 매일의 소중함, 일상의 고마움을 알았으면 합니다. 보잘것없는 이 글을 오랫동안 고민하며 쓴 이유도 그렇습니다. 글을 읽는 청소년이 그렇게 봐 주기를 바랐습니다. 아침 등굣길에 현관 앞을 나서며 한 발짝 내딛는 하루가 어쩌면 누군가가 일어서 단 한 번이라도 내딛고 싶은 어려운 발걸음이라는 것을 알기 바라는 마음입니다. 거칠고 힘들게 살아온 내 인생이지만 세상을 바라보는 시선은 한없이 겸손하기에 제 마음이 읽는 이에게 닿길 바라는 마음도 간절합니다.

소방관이랍시고 지낸 날이 15년이 넘어갑니다. 크고 작은 현장에서 느낀 감정이 알 수 없는 가슴속 깊이 켜켜

이 쌓여 있습니다. 꺼내 보기 무서운 날도 많고, 이 일 하길 참 잘했다고 생각하는 뿌듯한 날도 많습니다. 누군가에게 내 기억을 내보인다는 것이 참으로 부끄러운데 그래도 이 글을 읽는 십대의 삶에 거침없이 말해 보고자 했습니다. 자랑할 것 하나 없는 어린 시절을 보낸 저로서는 정말이지 지금을 살아가는 여러분이 행복하기를 바라는 마음이 간절합니다. 꿈은커녕 하루를 살아가는 것조차 아무 의미를 찾지 못했던 청소년기를 보낸 제가 감히 지금에 와서 그때를 거울삼아 말한다는 것이 참으로 민망하긴 했습니다. 그래서 뭐라도 도움이 될 만한, 나의 경험과 기억을 한참을 뒤져서 찾았습니다. 지금과 비교할 만한 것은 못 되지만 적어도 내가 겪었던 그때의 감정은 시간과 공간을 넘어 이 글을 읽는 여러분에게 닿기를 바랍니다.

이 글이 누군가에게 도움이 될지 의문입니다. 그저 작게라도 공감해 주었으면 좋겠다는 마음입니다. 불혹을 훌쩍 넘긴 시커먼 소방관 아저씨의 소소한 바람입니다.

그래 주기를 정말 바랍니다. 거창하게 이룬 게 없는 인생이라 이래라저래라 말 못 하겠습니다. 다만 튼튼하게 살길 바랍니다. 몸이든 마음이든 땅속에 깊이 박힌 단단한 뿌리처럼 굳건하기만을 바랍니다. 나보다 더 귀한 말을 해 줄 시대의 현자(賢者)는 세상에 많으니 살면서 그들이 하는 귀한 말과 글을 가까이하길 또 바랍니다. 그렇게 이 세상을 한 걸음씩 내디디며 결국 원하는 곳에 반드시 다다르길 응원합니다. 꼭 그렇게 되리라 믿습니다.

부록

화재 안전 - 불이 나면 어떻게 해야 할까?

❶ 사용하지 않는 전열 기구 코드 확인

집이나 학교에는 전자제품이 많지? 전자제품에 전기를 공급하는 콘센트도 많을 거야. 일단 콘센트가 안전하게 정리되어 있는지 확인해야 해. 특히 여러 개의 콘센트가 마구 꽂혀 있는 멀티탭 같은 전열 장비를 꼭 확인하길 바랄게. 이런 전열 장비는 반드시 KC인증(Korea Certification mark, 국가통합인증마크) 표시가 붙은 제품을 사용해야 해. 인증되지 않은 저가의 불량 제품은 전기 과부하를 이기지 못하거든. 그러면 화재가 발생할 위험이 높아져. 사용하지 않는 콘센트는 뽑아 놓고 콘센트 주변에 먼지가 모이지 않게 청소도 잘해야 해. 작은 전기 스파크가 건조한 먼지 덩어리에 불을 일으켜 분진 화재가 일어날 수도 있기 때문이야.

❷ 가스 밸브 잠금 확인

가스는 화재 위험도 크지만 폭발로도 이어질 수 있기 때문에 더욱 더 조심해야 해. 특히 중간 밸브를 잘 확인해야 하는데 요즘은 가스레인지를 사용하지 않을 때 자동으로 가스를 차단하는 밸브도 많아. 하지만 이런 곳이 아니라면 꼭 직접 밸브를 잠가야만 해. 중간 차단 밸브만 잘 잠가도 가스 사고를 크게 줄일 수 있어. 그리고 가스는 특유의 냄새가 있는데 혹시라도 가스 밸브를 열었을 때 이상한 냄새가 난다면 절대 불을 켜지 말고 즉시 창을 열고 환기부터 한 후 냄새의 원인을 찾도록 해.

❸ 대피 통로와 장소 확인

화재가 발생하면 누구든 패닉에 빠질 확률이 높아. 집이나 학교 등 익숙한 곳이라도 우왕좌왕하며 어디로 가야 할지, 어떻게 해야 할지 모르는 경우가 많지. 그래서 시야 확보가 안 됐을 때 나갈 수 있는 길을 미리 익혀 두는 게 좋아. 예를 들어 내 방에서 현관문으로 가려면 방문을 열고 어느 방향으로 가야하는지 눈을 감고 벽만 잡고 이동해 보는 거야. 실제 화재라 생각하고 낮은 자세로 이동해 보면 더욱 좋겠지. 대피 장소를 미리 확보해 두는 것도 좋아. 특히 아파트라면 베란다를 대피 장소로 쓸 수 있는데 보통 베란다 한쪽 벽은 쉽게 부술 수 있게 설계되어 있어. 벽을 뚫고 나가면 옆집이나 다른 대피 공간이 나오도록 말이야. 이런 것들을 미리 확인해 놓는 것이 중요해. 옥상도 위급한 상황에서는 좋은 대피 공간이 될 수 있어. 외부에 구조를 요청할 수 있거든.

대피 통로나 장소에 불필요한 것들을 쌓아 놓으면 안 돼. 베란다를 비롯해서 현관, 건물의 통로, 계단 등에 자전거 같은 장애물이 있으면 치우는 것이 좋아. 화재 연기로 한 치 앞도 안 보이는 상황에서는 작은 장애물도 생명을 앗아 갈 수 있거든. 마지막으로 고층에 살고 있다면 건물에 완강기(몸에 밧줄을 매고 높은 층에서 땅으로 천천히 내려올 수 있게 만든 비상용 기구)가 설치되어 있는지, 완강기 사용은 어떻게 하는지도 반드시 미리 알아 놔야 해.

❹ 소화기를 구비하자

소화기는 화재 발생 초기에 소방차 한 대와 맞먹는 위력을 발휘해. 화재가 커지기 전에 막는 일은 그만큼이나 중요해. 집, 학교, 학원 등에 소화기가 있는지 꼭 확인해 봐. 아마 대부분의 장소에는 소화기가 있을 거야. 법률적으로 소화기를 구비해야만 하니까. 집에 소화기가 없다면 꼭 구해서 가져다 놓길 바랄게. 집에 소방차 한 대가 있다고 생각해 봐. 든든하지 않니?

❺ 주변 사람에게 알리자

화재 경보가 울리거나 직접 화재 징후(열, 불꽃, 연기 등)를 봤다면 가장 먼저 소리를 질러 주변 사람들에게 알려. 자고 있거나 다른 일에 몰두한 사람은 화재를 알아차리기 어려울 거야. 소리 지를 땐 짧고 간결하게 하는 것이 좋아. 상황을 장황하게 설명할 필요가 없어. "불이야!" 하고 크게 소리 지르며 대피를 유도해야 해. 굳이 모든 곳을 찾아다니며 알릴 필요는 없어. 실내에서 빠져나가며 크게 외치는 것으로 충분해.

불이 난 곳을 발견했다면 불의 규모를 보고 불을 끌지 대피할지 판단하자. 화염이 천장에 닿지 않는다면 반드시 소화기를 사용해 불을 꺼야 해(물을 사용해도 되지만 기름에 붙은 불에는 절대 물을 뿌려선 안 돼). 만약 화염이 천장을 뒤덮었다면 무조건 그곳에서 벗어나야 해. 이미 불이 크게 번진 상태이기 때문에 대피하는 것이 최선이야.

옷에 불이 붙었다면 물이 있는 곳으로 뛰어가거나 하면 안 돼. 모든 동작을 멈춘 채로 손으로 눈과 코를 가려. 그리고 바닥에 신속히 엎드려서 오른쪽이든 왼쪽이든 한 방향으로 계속 굴러 보는 거야. 몸에 붙은 불이 바닥과 마찰하며 꺼지도록 하는 거지. 주위에 사람이 있다면 담요나 큰 옷으로 불을 덮어서 끌 수도 있어.

❻ 대피할 때는 이렇게

화재를 인지했다면 미리 알아 놓았던 대피 통로나 대

피 장소로 어떻게 이동할지 빨리 결정해야 해. 빠른 속도로 이동하며 미리 익혀 둔 통로로 빠져 나가면 돼. 연기가 많다면 반드시 몸을 낮추고 코를 젖은 수건이나 옷으로 가려야 해. 연기의 치명성은 많이 이야기했으니 더 말하지 않을게. 낮은 자세를 유지하며 한 방향으로 벽을 짚으며 이동해야 해. 앞이 보이지 않는 상황에서는 벽을 손으로 짚고 가는 것이 방향 감각을 유지하는 데 큰 도움이 돼. 혹시 문이 나오면 손잡이를 섣불리 잡지 말고 손등을 갖다 대어 열기를 느껴 본 후 만지자. 안쪽에 난 화재로 손잡이가 뜨겁게 달궈진 상태일 수도 있거든. 높은 층에서 내려가야 한다면 엘리베이터를 사용해서는 안 돼. 화재로 전기가 차단되어 엘리베이터가 멈출 수도 있어.

❼ 119 신고와 인원 확인

신고는 화재 발생 첫 단계에서 무조건 해야 해. 하지만 대피가 우선일 수도 있기 때문에 안전이 확보된 공간으로 이동한 뒤 신고해도 돼. 특히 신고할 때는 자신이 있는 곳, 상황 등을 구체적으로 알려 줘야 해. 119에서 전화를 끊기 전에는 특이한 상황이 아니라면 먼저 끊지 않도록 해. 더 빠르고 안전하게 구해 주려고 구급대원이 무언가를 계속 물어볼 수도 있어. 다친 사람은 없는지 모든 사람이 다 안전하게 빠져나왔는지 확인 후 그 내용을 119에 전달하면 구조하는 데 큰 도움이 될 거야.

수난 안전 - 물에 빠지면 어떻게 하지?

❶ 물에 빠지기 전에 주의해야 할 것

태풍이나 집중호우 시 겪을 수 있는 홍수 같은 수난 재해는 철저한 대비만이 유일한 방법이야. 우선 사전 정보를 잘 습득해야 해. 기상 예측 방송을 수시로 보는 것이 좋아. 또 집 주변 환경을 유심히 살피는 것도 좋아. 집 안의 하수구나 집 밖 배수구가 막혀 있다면 정비해서 뚫어놔야 하고, 침수가 잘되는 지하 주차장이라면 주차장 입구에 모래주머니를 몇 개 두는 것도 좋아. 물의 유입을 막을 때 유용하거든. 특히 태풍이 올 때는 저지대, 산사태 위험지역, 옹벽이나 축대가 있는 곳에는 가지 말아야 해.

혹시 차를 타고 이동한다면 지하 차도는 피해야겠지. 가족이나 이웃과의 연락 방법을 철저히 유지하고 가급적 집에 있어야 해. 정전을 대비해서 손전등이나 생수 등을 미리 준비하는 것도 좋아.

또 태풍 때는 계곡이나 강, 하천에 물놀이 가는 일이 절대 없어야 해. 급격하게 불어나는 급류에 휩쓸릴 수 있어. 도시 지역이라면 길이나 도로에 있는 맨홀, 하수도 배수구 등을 피해야 해. 물이 차서 안이 보이지 않는데 열려 있다면, 발을 디디는 순간 안으로 빨려 들어갈 수 있어. 공사장 주변도 피하는 것이 좋아. 쌓아 놓은 공사 자재가 무너져서 사람을 덮칠 수도 있거든. 뭐니 뭐니 해도 이동을 자제하는 것이 가장 좋아. 폭우가 내리고 강풍이 부는데 굳이 바깥으로 나가는 것은 위험 속으로 걸어 들어가는 꼴이겠지.

❷ 물 위에 뜨기만 해도 되는 생존 수영

성인 남자 기준으로 인간의 폐는 최대 3~5리터 정도의 공간을 가지고 있어. 숨을 크게 들이마시면 폐 속에 그만큼의 공기가 들어간다는 뜻이야. 그렇게 부풀어 오른 폐의 공기는 우리 몸을 띄우기에 충분한 부력을 가지고 있어. 사람의 몸무게가 수십 킬로그램에 달하니까, 물에 빠지면 마치 돌덩이가 물속으로 가라앉듯 잠겨 버릴 거라 생각하는 사람들이 있는데 절대 그렇지 않아. 사람의 몸은 70퍼센트가 액체로 이뤄져 있기 때문에 그리 쉽게 가라앉지 않아. 다만 뼈와 근육의 무게로 가라앉는데 그 무게만큼 몸을 들어 줄 부력은 폐 속의 공기만으로도 충분해. 수영할 수 없어도 괜찮아. 떠 있기만 하면 돼. 이것을 '생존 수영' 또는 '생존 뜨기'라고 해.

방법은 간단해. 우선 물 위에 누워 봐. 그러면 뼈와 근육 무게 때문에 하체가 자꾸 가라앉을 거야. 당황하지 말고 고개를 뒤로 최대한 젖히고 숨을 크게 들이마셔 봐. 몸에 힘을 충분히 빼는 게 중요해. 쉽지 않을 거야. 수영장 같은 곳에서 친구나 선생님께 등을 받쳐 달라고 부탁하는 것이 좋아. 이때 숨을 들이마시고 내쉬는 비율을 7 대 3 정도로 하면 더 쉽게 뜰 수 있어. 많이 들이마시고 적게 내쉬는 거야. 그리고 조금 더 쉽게 뜨려면 양팔을 만세 자세로 만들어. 가라앉은 하체의 무게중심을 조금이라도 위로 이동시키는 거야. 그러면 팔과 다리가 균등하게 떠 있을 수 있을 거야. 이 수영법은 꼭 익혀 두자. 실제로 생존 수영을 배운 초등학생이 바다에서 조난당했다가 이 자세로 한 시간 정도 버텨서 무사히 구조되었던 사례도 있어.

❸ 물에 빠진 사람을 구하는 방법

다른 사람이 물에 빠졌다면? 물에 빠진 사람이 내 가족이나 친구라면? 상상하기 싫은 상황이겠지만 매년 10명 이상의 사람이 물에 빠져서 익사해. 물에 빠진 사람을 구하는 좋은 방법이 있을까? 있긴 하지만 솔직히 말하자면 매우 힘들고 어려워. 익사 사고로 사망한 사람의 절반은 구하러 들어간 사람이야. 그만큼 직접 물에 뛰어들어 구한다는 것은 매우 위험한 일이야. 나처럼 구조 업무를 하거나 수상 구조 교육을 받지 않은 사람은 섣불리 누군가를 구하기 위해 물에 뛰어들어서는 안 돼. 반드시 이 부분을 명심했으면 좋겠어. 그렇다면 어떻게 구할까?

가장 좋은 방법은 물에 뜨는 물체를 던져 주는 거야. 구명부환, 튜브 같은 장비를 사용하는 것이 좋아. 실제 구조 대원들도 이런 장비를 최우선으로 사용해. 구명부환이나 튜브는 한 번에 여러 명이 매달려도 가라앉지 않을 만큼 부양력이 좋아. 하지만 물가에 이런 장비가 항상 있지는 않지. 그럴 때는 일상에서 쉽게 볼 수 있는 물건을 활용하면 돼. 아이스박스나 페트병 같은 거야. 아이스박스는 뚜껑을 닫으면 매우 좋은 부력재가 돼. 페트병 역시 뚜껑을 닫고 두어 개를 줄에 매달아 던지면 훌륭한 구조장비가 되지. 페트병에 물을 조금 넣으면 더 멀리 던질 수 있어. 이 정도만 해도 물에 빠진 사람을 구할 수 있을 거야. 만약 구조 능력을 키우고 싶다면 민간 구호단체(적십자, YMCA 등)에서 실시하는 수상 인명 구조 교육을 받아 보는 것도 좋아. 물론 수영이 기본이겠지?

❹ 침수 차량에서 탈출하려면?

폭우로 불어난 물에 침수되는 사고가 자주 발생해. 그래서 물에 침수된 차량에서 빠져나오는 방법을 말해 볼게. 자동차의 구조상 아래 부분에 열려 있는 공간이 있기 때문에 물이 밑부터 차오를 거야. 그래서 가장 좋은 방법은 차의 타이어가 절반 이상 침수되면 빠르게 나와서 차를 놔두고 높은 곳으로 이동하는 거야. 문제는 차에 타고 있으면 물이 어느 정도 찼는지 가늠하기 힘들다는 거야. 그럴 때는 차창 너머로 다른 차의 타이어를 확인해 봐. 우리 차와 크기와 종류가 비슷한 차의 타이어가 어디까지 물이 찼는지 보고 신속하게 차에서 탈출을 해야 해. 차 바닥에 물이 차오르기 전에 빨리 나와야 해. 물이 차면 수압으로 문이 열리지 않아. 아직 문이 열릴 때 나와야 한다는 것을 명심해.

만약 빠져나오지 못했다면 침착하게, 조금 더 물이 찰 때까지 기다리면서 창문을 미리 열어 놔야 해. 물이 창문을 넘어 급격히 들어올 거야. 당황하지 말고 창문 수위만큼 물이 차면 그때 창문으로 나와. 공기를 주입해서 사용하는 목 베개 같은 것을 차 안에 미리 두는 것도 좋아. 부력을 이용하기 좋으니까 말이야.

차가 이미 물에 잠겼는데 창문이 닫혀 있다면 문을 힘

으로 여는 일은 거의 불가능해. 차 시트의 목 받침을 빼고 유리를 깨서 물이 차 안으로 들어오게 해서 탈출해야 해. 어느 정도 수영할 줄 안다면 큰 도움이 되겠지.

지진 안전 - 건물이 흔들리면 무엇부터 해야 할까?

❶ 지진이 일어나기 전에 준비해야 할 것

다른 자연재해와 마찬가지로 사전 예방이 최선이야. 우선 집 안에 탁자 아래같이 몸을 피할 수 있는 공간이 있는지 미리 파악해 두면 좋아. 깨질 수 있는 큰 유리창, 쓰러지면 깔릴 수 있는 가구와 떨어진 곳이어야 해. 혹시 모르니 지진으로 깨진 유리에 다치지 않게 실내화를 준비해 두는 것도 좋아. 불붙을 수 있는 인화 물질은 집 안에 두지 않아야 해. 찬장 위, 장롱 위에 물건이 있다면 다른 곳으로 옮기거나 고정해 두는 것이 좋겠지. 가스 밸브나 전기 배선은 평소에도 자주 점검해야 해. 또 머리를 보호할 수 있는 쿠션 같은 것을 대피 공간 가까이에 미리 두고, 탈출 경로를 미리 파악해 둬야 해. 지진에 대비해 비상용품(물, 비상약, 손전등, 가방 등)을 일정한 장소에 두고, 가족이나 동거인과 상의해서 지진 발생 시 행동 요령과 만날 장소, 연락할 방법을 정해 두도록 하자.

❷ 지진이 일어났을 때 해야 할 일

지진이라 예상되는 흔들림을 느끼면, 반드시 미리 봐 두었던, 몸을 피할 수 있는 곳으로 들어가야 해. 큰 흔들림은 그리 길지 않아. 1~2분이면 끝나는데, 그때까지 안전한 곳에서 지지물(탁자 다리 등)을 잡고 버텨야 해. 매우 당황하고 무섭겠지만 진동이 멈출 때까지 절대 탁자 바깥으로 나오면 안 돼. 혹시나 피할 곳이 없다면 이불이나 베개, 쿠션 같은 것을 여러 개 겹쳐서 몸을 보호하는 것이 좋아. 특히 머리를 집중적으로 보호해야 하지. 진동이 어느 정도 지나가면 신속하게 가스와 전기를 차단하고 집 밖으로 나가야 해. 깨진 유리나 파편이 있을 수 있으니 신발을 꼭 신어야겠지? 혹시 모를 2차 진동에 대비해서 현관문을 열어 놓고 대피하는 것이 좋아. 비상용품을 담은 가방을 챙겨서 나가야 하고, 절대 엘리베이터를 타서는 안 되고 계단으로 이동해야 해. 이동 중에도 여진이 있을 수 있으니 쿠션으로 머리를 보호하며 다니도록 하자. 근처의 학교 운동장이나 지하 대피소(아파트 지하 주차장) 같은 곳으로 신속히 이동해서 경찰기관 또는 소방기관의 도움을 받아야 해.

❸ 대피 후에는 어떻게 하지?

비교적 안전한 곳으로 대피했다면 자신이나 가족이 다친 곳이 없는지 확인하고 혹시나 다쳤다면 응급처치를 해야 해. 부상이 심하면 119나 의료기관에 연락을 해야겠지. 그 후 주변의 피해 상황도 확인 해보고 방송이나 공공기관의 안내를 따라 행동하면 돼. 더 이상 피해가 없을 것 같으면 귀가해서 집 안의 피해 상황을 확인해도 되는데, 반드시 건물 외벽의 균열 상태 등을 확인하고 균열이 심하다면 절대 집으로 들어가서는 안 돼. 전문가의 진단을 받은 후 출입해야 하지. 안전한 곳에서 가족이나 동거인 등 같이 사는 사람의 건강 상태를 수시로 확인하는 것이 중요해. 먼 곳에 사는 사람을 걱정해서 함부로 이동한다거나 해서는 안 돼.

마음 안전 - 학교폭력·가정폭력·성폭력으로 마음이 힘들 때는?

❶ 학교폭력에 시달리고 있다면

국번 없이 112를 눌러 경찰에 도움을 청하는 것이 좋아. 하지만 청소년을 전담하는 곳에 전화를 걸어서 신고를 접수하고 상담을 받는 것도 좋아. '에듀넷·티-클리어'를 아니? 교육부·여성가족부·경찰청과 연계된 교육 정보 통합 지원 서비스야. 이 서비스에서는 '도란도란'이라는 학교폭력 예방 프로그램을 진행해. 만약 여러분이 집단따돌림 등 학교폭력을 당하고 있다면 해당 사이트에 접속하거나 국번 없이 117번을 눌러 신고 접수를 해야 해. 신고가 접수되면 여러분의 학교 선생님이나 관계자가 초기 대응과 긴급 조치를 실시할 거야. 그렇게 일단 여러분을 학교폭력에서 안전하게 한 뒤, 여러분을 괴롭힌 학생에 관한 조치와 대응책 등이 마련될 거야. 학교폭력 신고는 빠를수록 좋아. 하루라도 더 빨리 여러분의 몸과 마음을 지켜야 하니까. 그러니 학교폭력으로 마음이 다쳤다면 고민하지 말고 바로 117번으로 전화하기를 바랄게.

② 가정폭력을 당하고 있다면

가정폭력에 시달릴 때도 112를 누르고 경찰에게 알리면 돼. 다른 방법은 지역마다 있는, 청소년상담센터에 전화를 거는 거야. '한국청소년상담복지개발원' 홈페이지의 '지역센터'를 클릭하면 지역별 상담소 전화번호가 나와. 그곳에 전화를 걸어 가정폭력을 당하고 있는 상황을 설명해야 해. 위급 상황이라면 당연히 경찰이 출동할 거야. 견디기 힘든 가정폭력을 계속 겪고 있다면 '청소년쉼터'에 입소할 수도 있어. 청소년쉼터에서 지내면서 학교에도 다닐 수 있으니 망설이지 말고 전화를 걸었으면 해. '청소년자립지원관'도 있으니까 몸과 마음이 위험에 처했다면 힘들게 견디지 말고 도움을 요청해도 돼. 아니, 꼭 그랬으면 해.

❸ 성폭력 위험에 처했을 때

반드시 경찰에 신고해야 해. 또 상담센터에 전화를 걸어 조언을 듣고 상담을 받아야 해. 만약 경찰에 전화를 건 이후 무엇을 어떻게 해야 하는지 몰라 막막하다면 먼저 '탁틴내일아동청소년성폭력상담소'에 전화하면 돼. 전화번호인 02-3141-6191, 카카오톡 아이디 dodamstar, 카카오 오픈채팅 '도담별' 중 무엇으로든 연락하면 돼. 그러면 탁틴내일상담소에서 신고와 재판 등 수사와 법률 상담을 도와주고 심리 치료·병원 진료 등을 도와줄 거야. 수사 과정에서 진술에 동행해 주는 등 여러 도움을 주기에 법적 처리 과정을 몰라도 문제 될 것이 없어. 성폭력은 초기 대응이 정말 중요해. 빨리 그 자리에서 벗어나 치료하고, 다시는 그런 일이 없도록 가해자를 처벌해야 해. 그러니까 절대 혼자 견뎌서는 안 돼. 가능한 한 여러 곳에 상황을 알리고 꼭 도움을 요청해!